必說

叶匡政——著

叶匡政，诗人，学者，文化批评家。1969年4月出生，祖籍安徽省太湖县，合肥人，现居北京。著有诗集《城市书》《思想起》，文化评论集《格外谈》《可以论》等，主编过"华语新经典文库""非主流文学典藏""独立文学典藏""独立学术典藏"等多套丛书。其作品曾获"首届中国新锐媒体评论大奖"文化类作品金奖，个人博客入选博客十年"影响中国百名博客"等。

未必說

WEIBI SHUO

叶匡政 著

文化的意外　传统的镜像
历史的蒸馏　智识的张力

时代出版传媒股份有限公司
安徽文艺出版社

图书在版编目（ＣＩＰ）数据

未必说/叶匡政著.—合肥：安徽文艺出版社，2020.7
ISBN 978-7-5396-4040-2

Ⅰ．①未… Ⅱ．①叶… Ⅲ．①随笔－作品集－中国－当代 Ⅳ．①I267.1

中国版本图书馆 CIP 数据核字(2018)第 294031 号

出 版 人：段晓静		
责任编辑：宋潇婧 曾柱柱		装帧设计：熙宇文化

出版发行：时代出版传媒股份有限公司　www.press-mart.com
　　　　　安徽文艺出版社　　www.awpub.com
地　　址：合肥市翡翠路 1118 号　邮政编码：230071
营 销 部：(0551)63533889
印　　制：安徽新华印刷股份有限公司 (0551)65859551

开本：880×1230　1/32　印张：8.5　字数：180 千字
版次：2020 年 7 月第 1 版　2020 年 7 月第 1 次印刷
定价：46.00 元

(如发现印装质量问题，影响阅读，请与出版社联系调换)

版权所有，侵权必究

目录

第一辑　文化的意外

声音曾被视为文学的生命 / 003

文学需要语言的觉醒 / 008

艺术的"意外之声" / 015

散文的述而不作 / 019

阅读是最好的悼念 / 025

画出你不知道的世界 / 030

周庄的"隐逸"之骨 / 034

有人领了金扫帚奖 / 040

对寓言有一种偏爱 / 044

人伦之情是成长的基石 / 050

活在民族的语文中 / 057

洛夫的诗宇宙 / 064

治愈、帮助与安慰 / 070

海洋造就的硬汉 / 076

另类歌手的文学之旅 / 082

战争与喜剧 / 086

第二辑　传统的镜像

养心之难在慎独 / 093

公文的"诚意溢出" / 097

别把罪责都推给传统 / 100

爱的匮乏症 / 105

儒家如何看自杀 / 110

当"庸"成为一种恶 / 114

"民本"思想的原则 / 118

社会的合作理性 / 128

"危言"与"言孙" / 132

孔子改革了什么 / 135

人格才是真学问 / 139

儒家也有"幽暗意识" / 142

孝之深爱 / 146

孔子的快乐教育 / 149

"以意逆志"与"隐微写作" / 153

别误读了"王道" / 157

"守望相助"的慈善之源 / 160

也说"内圣外王"之道 / 164

第三辑　历史的蒸馏

庙会的民间信仰 / 169

历史是不证自明的真理 / 174

魏晋风度和浪漫精神 / 177

儒家与欧洲民主的启蒙 / 182

"托古改制"的画蛇添足 / 186

顾颉刚的"颂歌" / 189

敦煌学的生命 / 193

中国细节的复原 / 198

谈五四之"旧" / 202

逃难者的天堂 / 208

第四辑　智识的张力

给荒原以自由 / 217

边界意识 / 223

水与生存 / 227

公共意识的养成 / 232

"雅好"和"雅贿" / 237

书信的拍卖 / 243

大地震能否唤醒生态良知 / 247

知识范式的转变 / 251

黑杨荒诞剧 / 257

英语这只"拦路虎" / 262

第一辑 文化的意外

声音曾被视为文学的生命

鲍勃·迪伦获得诺贝尔文学奖,注定会引发一场世界级的喧嚣,而且可能是诺奖设立以来最大的一次喧嚣。因为他的获奖,不仅会震动文学界,也会让音乐人和歌迷们加入这场文学的狂欢中。你会听到各种争议,也会看到各种阐释和解读。

鲍勃·迪伦身上的标签太多了:民谣教父、民权代言人、抗议领袖、诗人歌手、摇滚巨人、时代旗手、反战歌者、叛逆者等等,他的每一个标签、每一段经历、每一种观念都可能成为阐释他的依据,其中还包括对音乐或文学本体的反思。所以,他的获奖引发喧嚣并不奇怪。人们谈论的其实不是鲍勃·迪伦,而是自己理解的文学、艺术与生命观。

我听到鲍勃·迪伦获奖的消息后,第一直觉是,诺奖终于想起了文学的另一个伟大传统——声音。为什么这么说?因为被视为西方文学源头的《荷马史诗》,就出自游吟诗人之手。鲍勃·迪伦的获奖,无疑是在向这个伟大的文学传统致敬。我们今天形成的文学观与印刷品的普及有关,即使对诗歌来说,也更多地注重文本的精神和思想深度及想象力的创新,对它所呈现的声音之美并不在意。但在口口相传的年代，诗歌呈现的声音与韵律之美，甚至比诗歌所要表达的含义更重要。语言的音韵之美否，曾是评判文学的重要标准之一。

《荷马史诗》之所以伟大，不仅因为它的文本所表达的情节和意义，更因为它风格化的语言，被视为西方古典韵律学的伟大成就。如《伊利亚特》主要使用的六音步长短短格有极强的节奏感，它会出现固定的短语、饰词，不断地重复、回旋，这不仅便于诗人记忆，也呈现出语言独特的旋律之美。你读鲍勃·迪伦的歌词，虽是英语，但也有这个特征，只不过它的节奏是现代的、独创的。

显然，可以歌唱的诗歌与纯粹书面表达的诗歌，在语言上会有很大的不同。可以歌唱的诗歌往往不会像纯粹书面表达的诗歌那么复杂，有那么多的隐喻，前者表达更简洁、直接，含义相对单纯，语言更有节奏感。所以鲍勃·迪伦的诗，比起与他同时代的美国诗人的诗来说，要简单一些。但正因为简单，他的作品的接受人群范围会更大，甚至影响了一个时代，而不仅仅是那些喜爱诗歌的人。

诺奖的颁奖理由是"为伟大的美国歌曲传统带来了全新的诗意表达方式"，但鲍勃·迪伦的这种"全新的诗意"极难通过翻译呈现，它与英语的声音和韵律有关。你只有非常熟悉英语诗歌的历史，才能真正体会他诗中的那种微妙而难以言传的美，以及他的创新之处。

金斯堡在谈到鲍勃·迪伦的《暴雨将至》时曾说过："我被

他的修辞镇住了,这些诗词简直就像《圣经》箴言一样,撼动人心。"但真正"镇住"金斯堡的修辞,可能恰恰是它被翻译为汉语时丢失的那一部分东西。由于声音之美极为抽象,即便是金斯堡可能也难以表达出这种震撼。

这正像我们读唐诗宋词,所感受到的韵律和声音之美,既无法翻译成英语,也难以向一个不懂汉语的人传达一样。但这种美确实存在,我们也确实能感受到。我认为,鲍勃·迪伦诗中的"全新的诗意",指的就是这样一种无法言传、属于声音和韵律的诗意,而不只是它的文本所呈现出的意义。

所以,鲍勃·迪伦的获奖,不仅是向西方文学游吟诗人传统致敬,也是向诗歌本质的一次回归,也即对声音的回归。抛开诗歌的诗意不说,诗歌与散文最大的差别,无疑是它与语言的声音和韵律的关系更为密切。当一种语言成熟到一定程度,必然会重视它的音韵之美。我们看古汉语就很清楚,古文由于历史漫长,音韵学特别发达,是读书人的必修课,目的是学习汉字在文学和音乐中的声音之美和规律,快速解决文学与字音的关系。

在中国古代文学传统中,声音曾被视为文学的生命,比起声音来,文本的意思有时反而退居其次。所以我们看到,中国古代被视为经典的文学作品,多是诗与赋这些以音韵为主体的文本。这大概因为,表意文字要呈现声音之美,比西方的表音文字难度更大,同时完成音与意的超越也更难,所以更受重视。

然而,由于白话文历史太短,中国文学界和诗歌界对语言的声音之美,思考者较少,实践者更少。鲍勃·迪伦的获奖,等于给当代文学评论界出了个难题。我们看到有的国内文学评论家认为是"评委的行为艺术",有的说是对"青春的缅怀",有的说因他的反叛力量或思想成就,这些都是文学之外的话。因为在西方文学中,具有他这种力量的诗人作家,还有很多。国内文学评论家有这种认知,与当代文学不太重视汉语的声音表达有关。鲍勃·迪伦显然是因为他的诗表现了英语中一种全新的声音之美而荣获了诺奖。以这个传统而言,在今天的美国其实也缺少能超越他的继承人。

中国的五四白话文运动,对文学语言完成了精神启蒙,但它也有副作用,就是对汉语声音的忽视和遮蔽。现代文学语言在声音上经常是凌乱的,这从当下作家和诗人的创作中就能感受到。现代汉语在一定程度上对声音的忽视,有时使现代文学远离了声音之美,也使现代文学有时成为一种反声音的案头文学。我想鲍勃·迪伦的获奖,会让更多的中国诗人重新思考语言和声音的关系。

诗歌要体现语言的声音之美,原本是文学的一个常识,但在现代文学中,诗歌往往变得越来越注重传达复杂的经验,却忽视了声音之美。然而电子媒介的普及,正让人们回到一个"后口语"时代,在今天,"说"和"唱"正变得比"写"更普遍、更易传播。人们正在重新感受荷马那个"口语"时代所经历的一切,文学的观念显然也会跟着变化。这种现实,大概使诺奖评委们重新记起这个常识,选择一个"当代荷马"获奖,也就成了必然。于是,鲍勃·迪伦成为100多年来首个获得诺奖的吟唱诗人。

时代正在重写文学的定义。这也使诺奖评委们有勇气把奖颁给鲍勃·迪伦。多年前,我在《文学死了》一文中说过,在文学被构建为一种经典知识体系以前,人们奉行一切反抗神明与权威的自由文本创作。一个文本只要是鲜活的、生动的,无论它是书信、公文还是其他文体,都会被人们传阅、称颂。但当文学被供上殿堂以后,小说、戏剧、诗歌这些文体,渐渐异化为作家占山为王的武器。每一种文体都有它的演变史,作者必须首先将自己的倾诉欲望,转变为对某种文体的服从,并通过对文学史的研究,来决定自己的言说方式。这大概已成为作家,特别是诗人在成长中遭受的最严厉的文学酷刑;同时,也把鲍勃·迪伦或崔健这样一些因生命或灵魂需要而发声的质朴主体,排斥在文学秩序之外。

虽然鲍勃·迪伦是诺奖的异数,但显然可以让我重新认知到文学诞生之初的本质,它是爱与歌唱,它是灵魂的需要,它是生命最真诚的表达,它是对世界最新颖的理解。至于它是何种文体,真的不重要。

鲍勃·迪伦的获奖,当然可视为诺奖向文学本质的一次致敬。这确实是诺奖送给这个秋天的最好的礼物。

注:原载于《经济观察报》2016年10月17日,原题名《鲍勃·迪伦获奖是对诗歌本质的回归》。

文学需要语言的觉醒

细想一下,我竟是第一次参加在文庙举办的文化活动,地点在福建安溪。这是长篇小说《八年》的首发式,《无愁河的浪荡汉子》的第二部,作者黄永玉。活动选在文庙,倒不是附庸风雅,因这里 80 年前曾是黄老的校舍。当年他随集美学校迁到这里,才有了《八年》中的故事。这也是"六根"的文友第一次在京城之外聚齐。对我们六人来说,文庙首聚,也称得上意义重大。

文庙本是学庙,文人聚会之地。我过去只在各地文庙游览过,40 多岁,才第一次在文庙以文会友。黄永玉老先生在鲐背之年,能写百万字的长篇小说,我总觉得和他在文庙读过书有关。安溪的文庙,过去确如黄老所言,是一座"巍巍乎哉的堂皇大文庙","文革"中有损毁,但大成殿等主建筑保存得还算完好,后重修。站在石级上远眺,可看到文庙的中轴线正对一笔架形山峰。

安溪还有一个好去处,即蓬莱山上的清水岩。登山的那天早上,我亲身体验了蓬莱山的雾的灵气,前一刻还云遮雾障,如蓬莱仙境,一扭头就雾散云收了。清水岩由宋代高僧普足创建。

普足圆寂后被奉为代天行雨的神明,民间尊为清水祖师,在八闽大地上香火极旺。最有趣的当属清水岩上那块"六老同游"石碑,记载了明万历年间六位文人同游清水岩的佳话,与如今"六根"的同游,构成了某种呼应。

既然是为黄永玉的小说《八年》而来的安溪,《八年》自然成了旅途中的主要话题。粗翻《八年》,觉得这部小说最珍贵处,是它语言的"有声"。黄永玉奉行"我手写我口",这口语是黄氏独门的口语,不仅有湘西方言的底子,也融汇了闽南、北京等地的方言。这使他的小说和文章读起来,尤为生动、活泼。这种白话文技艺,在黄老的小说中,保持着强劲的生命力。一些中国作家越来越不在意语言的声音,这使得他们的作品不仅远离了声音之美,也成了反声音的案头文学。黄永玉显然是反其道而行之,语言意识成为他写作的首要意识。

黄永玉小说的叙述语言,句式往往短促,结构简单,很少有复杂句式,动词多为单音词,极少用双音词,节奏感很强,对话更是追求方言味,叙述文本依靠声音在流动。很显然,黄永玉在写作时对语言形象的考虑,要多过对人物形象的考虑。对小说来说,语言形象可说是第一现实,不同的语言形象的聚合及声音的变动转换,最终构成了一个作家文体的个性与独特魅力。从这个角度看,黄永玉的语言自我极为强大,所以才能在叙述中一直保持自己的口语之根,努力突破现代汉语的诸多规范,使语言本身呈现出自己的体系,最终传达出自己独特的文学理想。黄永玉的职业是画家,他在写作中却能清醒地意识到,语言不是人的奴仆,而是主人。于是在他的作品中,语言成为一盏自主的明灯,人物成为被照亮者。

阅读《八年》,你会感到自己完全沉浸在一个声音的世界中。小说中不仅有大量对闽南语的音译,有对各种声音的描摹与呈现,包括《中国童子军军歌》《野火歌》这样的歌曲和高甲戏,更有大量具有方言味的对话。黄永玉就像是一个声音的采集者,痴迷地记录着自己童年记忆中的各种声音。黄永玉的叙述语言,是一种偏于老式的白话,这使得他体现出来的思维模式和感受方式,有一种特别的趣味。黄永玉尊重的是古白话表意文字的叙述模式,单音字在他的叙述中有更大的自主性,组合也更自由。而这组合与叙述的规则,遵循的是他对汉语音韵和声音之美的理解。现代汉语由于历史太短,并没有建立它的音韵学,古音韵学也与现代汉语经验有一定距离。但在古典文学传统中,声音一直被视为文学的生命。黄永玉一直是尊重这个传统的。我相信,未来如果要研究现代汉语的声音之学,黄永玉的文字肯定会成为重要的文本之一。

当时在安溪,"六根"在饭桌上有个约定,每个人要写一篇关于安溪和《八年》的文章。因有以上这些感受,我就大胆报了个题,大意是要写黄永玉在少年时代从凤凰的湘西方言区来到福建的闽南语区,这对他的语言系统构成了强烈刺激,锻炼了他的声音记忆系统。他本身是画家,图像记忆能力肯定很强,这两方面强大的记忆力,恰好构成了他如今写这部百万字长篇小说的文学特征。记得在安溪研讨会上,有评论家惊异于黄老超强的记忆力,我在读《八年》时也有这个感受,发现他不仅对图像有超强记忆力,对声音的记忆力甚至超过图像。有句俗话,叫"左耳朵进右耳朵出",说明声音记忆对大多数人来说,要变成长期记忆,难度极大,需反复记忆,所谓死记硬背就是这个道理。但在《八年》中,你会发现黄永玉几乎是靠声音在记忆,对各种声音的模仿特别多。现代科学研究证明,人对单纯的声音记忆力较差,但如果你是将声音和图像一起记忆的话,记忆力会数倍地增长。黄永玉有超强的记忆力,与他在少年时代改变了母语环境有关,闽南语的刺激,不仅强化了他的记忆系统,也使得他对语言的声音变得敏感,而这恰恰构成了他今天文学写作的语言特征。

到北京,坐在书桌前,才发现要写清这个复杂的问题,至少需要几万字的篇幅,而且需要有对湘西方言、闽南话的了解,包括复杂的语言学知识。我显然力不能逮。现在只能谈一点粗浅的感受,供未来的研究家们参考。

我们知道,黄永玉的表叔沈从文是一个有极强语言意识的作家。沈从文的文学语言,就有大量对湘西方言的吸收与引用,他甚至还用湘西方言写过一组新诗,若没有注释,外地人基本看不懂。沈从文由于行迹遍布各地,口音较杂,据他身边人回忆是"湘西的根,黔滇的本,也有北京话甚至山东话的残枝枯叶"。所以他说,自己的话是"不三不四的"。黄永玉与沈从文的方言之根相同,都是属于西南官话的湘西凤凰话,夹杂着些苗语词汇的边地方言,语言近于四川话。但黄永玉少年时代去的福建,却是一个与母语有天壤之别的闽南语环境,加上其后来在上海、台湾、香港、北京等地辗转,他与沈从文的方言之根虽然相同,但后来所接触的语言环境差异极大,这使黄永玉形成了自己独特的语言风格。

不同的方言,承载的是不同地方的人对世界、人生与社会的理解与感受。湘西方言背后有着野蛮的山林文化,而闽南语透出的却是海洋文化的气息,这种语音和文化的天壤之别,对少年时代的黄永玉,构成了精神上的强大冲击。湘西方言构成了黄永玉童年对世界最原始的感受,而闽南语则在他初步形成语言自我时,发挥了强劲的影响,这使得他的语言体验和生活感受有别于大多数作家。黄永玉对文学中语言的认知,肯定受过沈从文影响,但由于他所处的语言环境不同,作为创作主体的他,对自身语言的整合与重塑所呈现的语言风格,也与沈从文的大不相同。但他们对语言的意识是相同的,都认为文字力量不会来自繁复的西式翻译体,也不会是固定的普通话或新华体,更不是陈旧的文言文,而是源自生机勃勃的方言。这种方言,有湘西方言,也有闽南语,更有北京话。总之,口语成为他们共同选择的语言立场。

从黄永玉的写作中我们可以看到,文学的觉醒不仅仅是自我的觉醒,更是一种语言的觉醒。也就是说,成熟的作家都需要有一个艰难地寻找与发现自己语言的过程。这种发现,不只是观念的发现,更是话语方式的发现。这时,作家的生命状态即使与众人相同,他在话语中体现出的生命状态,也会呈现出别样风景。从黄永玉的小说中,我们能同时嗅到湘西方言和闽南语的气息。正如沈从文担心过中国人的"语言的生命会从传说中消失",黄永玉小说也体现了对文学语言重塑的使命。这使得他的语言不同于普通话,也不同于湘西或闽南方言,但对于当代汉语,无疑是一股新风。它既有洗尽铅华的质朴,又有涌动的活力。湘西方言和闽南话中保存了大量古白话和文言遗迹,这使黄永玉的语言也因此而简洁与省净,语调轻松明快。其叙述方式与西式翻译体有巨大不同,翻译体句式多以动词为中心,而黄永玉的语言则以古汉语的散点表述法为主,以句读为单位,流动自然,夹叙夹议,看似随意,但形散神不散。这种散点式笔法,不仅如行云流水,自由自在,也表现出极高的文法独创性。

我因早年喜欢闽南的歌仔,曾听过大量歌仔,虽然一个字听不懂,但对闽南话洗练、婉转、悠绵甚至悲怆的音调和韵律,深有体会。可以说,黄永玉在闽南的数年,对他语言音韵感的形成,有巨大的影响。所以,他在小说《八年》中用表音的方式记录了大量闽南话和歌谣。与沈从文终生只会说湘西方言不同,黄永玉的口语天赋,显然要超过沈从文。因为如此难学的闽南话他都学会了,可见闽南语对他有过何种深刻的影响。黄永玉如何在两种方言的影响下形成了他今天的语言风格,是值得语言学家研究的。

黄永玉描写安溪,让我印象最深的是对"参内"的描写:"序子一辈子头回长见识,世界上有这么人情味的村子。像上天给这些好人特意安排下来的这块长满粮食和果木的大盆地。全村的人都姓叶,树叶的叶。周围山上,平地,河边,鱼塘周围长满高高低低的花木果树,不姓叶姓什么？……"后面还有很长一段文字,写得特别柔情似水,可看到对黄永玉冲击最大的除闽南语,还有背后迥异于湘西的文化生态。"男女老少都有教养","人和人见到,都轻声让路问好",这种状态与湘西质朴野蛮的民风有很大不同。

  因我也姓叶,记得曾听人说过,汉代后,最早移民福建的是叶姓人,所以他们被视为福建人的祖先。叶姓者带来了吴音语言,所以闽南话是以吴音为基调的。只是这个传说,我一直查不到来源,现在说的多是"八姓入闽",我这里姑且一记。

  注:载《新安晚报》2016年8月3日,原题《黄永玉对安溪的声音记忆》。

艺术的"意外之声"

赵半狄又出山了。自3年多前赵半狄宣告终结自己的"熊猫时代"后,这位前"熊猫人"就极少在公共媒体上露面了。近日,《新京报》等多家媒体都在报道他最新的行为作品——《中国party·肖邦》。

这个行为作品的现场,在成都郊外的山泉镇。当天秋雨瑟瑟,一池碧水中,立着一台华丽的三角钢琴,钢琴腿沉于水中。一个黑衣少女弹起了肖邦名曲,2个多小时演奏中,她的双脚一直浸泡在水里。赵半狄穿着长筒雨靴,也站在池中。他支起了画架,一会看看演奏者,一会在画布上假模假式地用油彩画上两笔,并称自己在"搜集素材"。

这个场景很容易让人联想到是对前些日子引发热议的"水上芭蕾"的戏仿。其实早在去年的5月,赵半狄便画过一幅油画《中国湖C》,那是他答谢收藏家乌里·希克的作品。几个着装时髦的男人女人,盛装站在没膝的水中,手握酒杯相谈甚欢。希克对那幅作品的解释很到位。赵半狄作为艺术家还是有前瞻性的,后来我们果然看到了一场水上演出。在我看来,《中国party·

肖邦》不过是对《中国湖C》的延续。

既是"party",总得有"大咖"参加,现场来了数十位收藏家和艺术家,围观赵半狄的行为。这里有中国当代艺术最大收藏家乌里·希克、香格纳画廊老板劳伦斯等国际人士,也有张锐、唐炬等本土收藏家,还有专注于前卫艺术的各路"大仙"。

如同赵半狄自己说的:"这华丽的古钢琴这样被沉在水里,是炫富吗?不是,那今天炫什么?想炫一下另一个层面的东西。我认为,世界是有不同层面的,艺术就是我们触摸世界的另一个层面。"作为一种过程艺术,赵半狄显然希望观者从他的行为中,发现他们自己,发现自己对现实的看法。作品形式上的戏仿,似乎在制造某种时空和观者的分裂,这种分裂感只是想提醒观者,你哪怕站在池边,所看见的一切也注定是片面的。与他过去搞行为艺术一样,赵半狄期待的不是理解和阐释,而是谩骂和嘲笑。

如果把社会比作一个剧场,赵半狄很希望自己在肖邦流畅的音乐中制造一些意外,比如琴盖突然掉地、画架突然倒下。总之,要用一声突如其来的轰响,打断演奏者演奏的流畅乐曲。整个社会,肯定不会因这意外之声而停止运转,音乐仍会响起,但赵半狄希望观者的思想能被这意外之声带走。多年来,赵半狄一直在艺术界扮演"意外之声",即使今天他脱下了熊猫制服,但他仍希望有人能停下手中的活计,问一问他究竟在干什么。大众不会把赵半狄制造的意外之声当作真正的艺术,它却刻进了时代记忆中。很多年后,人们或许已忘记了这个时代种种的困顿,但可能会想起这一意外之声。

但由于他的行为,意义多是含混的、不透明的,他带来的反而是一种互动的、多方位的体验与媒体的躁动。他不想悦人眼目,更不想提供一种貌似井然的秩序,从他近乎孩子气的行为中,人们看到的是赵半狄与社会对话的激情。他期望与各种力量碰撞,权力的、社会的、媒体的、大众观念的等等。

对赵半狄来说,无论他用何种方式展示他的艺术,他对艺术的信念并未变过,就是相信一切可见的行为与表象之下一定隐藏着秘密,一定不是我们匆匆一瞥的印象。就像这个《中国party·肖邦》作品一样,他想表现的是藏在 party 背后的那只不可见的手。他要让自己的行为落入活生生的社会关系中,并通过戏仿重建与现实的对话。他期望中止与那个现实的勾结与串通,努力消除一切浮华的幻象。所以,赵半狄越是展示习以为常的行为,就越让人感到惊奇,这惊奇,在于权力缺席后对现实的重新发现。他去除了现实行为的背景、复杂性、质感,让观者看到的是一个在"别处"的现实。他不是在实施,而是在审问行为;他不是在践行艺术,而是在哀悼艺术。他最根本的主题是,留下这个时代在灵魂消失后的行为样本。

赵半狄的行为见证了他,也在毁灭他,他看似在展示社会的伤口,其实展示的却是自己的伤口。他行为带来的歧义,他言语的碎片,他无辜的脸和暧昧的身体,都试图表明他是在用一己之力承担着现实的阴暗。这是一个艺术家失去身份后可怕的行为自由,他不停地行动,组织 party,也在不停地说,不停地申辩,但我们看到的其实只是受伤的艺术本身。是的,现实取消了艺术的前景，但又给了艺术家无法逃避的命运。正因为这种割裂，当人类行为变得越来越不可理喻时，赵半狄在努力扮演一个人类行为的病理学家。每一个行为都企图揭示出一个病灶。现实的残酷，让艺术家的这种行为，也变得如小丑一般滑稽可笑，因为总有不能言说的东西存在，总有疾病因无法治愈而成为人类的一部分。虽然在近期作品中，赵半狄不断强化"中国"二字，但他其实指出的也不过是一个艺术的沦陷地。

走进人群，似乎使行为艺术的影响范围变得辽阔了，但艺术家在其中变得支离破碎。赵半狄无法通过一次次行为，来激发自己原始性的身体反应，他展示的反倒像一个受难的身体。与耶稣受难的神圣感不同，他更像对受难的笨拙而又坚定的模仿。受难者在被拷打时，不得不发出喊叫，而赵半狄从这叫喊中，看到了艺术的诗意。现代艺术家从来就期望从地狱中找到素材，通过冒犯他人而获得审判的自由。赵半狄甚至不愿承认绝望，他只展示心中的蔑视。当然，他也无须任何权威来认同他作为艺术家的骄傲，他期待被嘲讽、被诅咒、被谩骂、被不理解，那恰是他的行为艺术与这个时代应当保持的关系。

在赵半狄的作品面前，现实终于退化为幻象，艺术也成为他为自己生命所做的一次抵押。但要贷出或交换什么，赵半狄并不想给出答案。

注：载凤凰网《凤凰评论》2016年9月26日，原题《成都郊外的"水下肖邦"派对，赵半狄要炫富吗?》。

散文的述而不作

我不大琢磨散文的写法,读了莫凤起老先生的书稿,意识到一个人到古稀之年,与周遭的人事和谐共处了,笔下自然会显出一份淡泊。有了这种散文心态,生命中再琐屑、再普通的事,只要心满意足地写出,就是诗意。吉卜林认为,作家可以创作一则寓言,却不可能展示它所有的寓意。如此再看书中,那些随手记下的歌谣、菜谱,便有了一种述而不作的意味。直见性命与记忆,也是对文字的尊重。

原来,只要心中有对人世的大信,无论写人写物、写吃写喝,或写情写义、写有写无,并不用思虑,无论怎么写,都是对天道悠悠的体味。这大概也是莫凤起理解的散文之道。

今人常探讨作家的写作动力,已逾古稀之年的莫凤起,对文章是否"合为时而著"分明已不在意。韩愈说过,"大凡物不得其平则鸣,草木之无声,风挠之鸣,水之无声,风荡之鸣……人之于言也亦然"。对莫凤起来说,这"挠、荡"他的风,便来自他生于斯长于斯的湘西故土。作者生于湘西茶峒,50年前开始在湘西教书,退休后才跟儿子移居北京。因远离湘西故土,那里的一切反倒成了莫凤起渴望越过的记忆鸿沟。于是,有了眼前的这本书:《边城·老屋·传人》。

在莫凤起心中,故土的人和家族才是让他"郁乎中"要"泄于外"的力量,有了它们,笔下的语词自然会凝聚成形。作者开篇写故土的"老屋",它"高一丈九九,五柱八挂坐盘,全杉木、全铆隼,虽经数百年风雨仍基本完好"。这是一幢承载了八代记忆的老屋,作者的爷爷"又在正屋后面加了一排三间吊脚楼",老屋成了村中"公认的议事厅、娱乐地"。莫凤起写老屋,不是目的,而是期望写出深藏在老屋周边的记忆,包括记忆中那些未知的部分。所以,他起笔写的是村里的说书高手许大伯,结尾写的是启蒙的语文老师,老屋反而成了一笔带过的背景。这种写法,估计是得了说书高手的真传,才敢如此洒脱。

书中写美食的篇幅不少,让人觉得莫家藏了多位民间厨神。我不懂美食,但对莫家奶奶包粽子的场景记得真切:"两张带椅背的椅子,一前一后摆着……奶奶往后面那张椅子上一坐,双脚微微叉开,随意取两片粽叶叠成漏斗状,右手拿勺把糯米倒入漏斗内,用竹筷插几下,使原料填紧,顺势揪住粽叶顶端,暗劲一压,再一旋,三角形粽子成了,用前面椅背上的棕丝条缠两下,打个结一拉,那靠背椅上便垂下一个粽子来。几秒钟一个,几秒钟又一个。不一会儿,那靠椅的棕丝便挂满了三角形……"都说熟能生巧,但我从这仪式般的动作中,看到的不只是美,还有乡村生活的某种神秘韵律。

人们常说这年头诗意消失了,其实消失的不是诗意,而是对生活肌理的体察与记忆。那些常日里娴熟的动作,被当作了墙上的静物,对人不再有丝毫触动。岂不知它预示了召唤的来临,四处迸散的形象,因找到它,才有汇聚于一处的力量。只有把对生活的千头万绪,不经意地落实到一个坚实的形象上,才能对读者有所触动,哪怕它是一种简单的活计、一道菜肴。莫凤起对此中之道肯定了然于胸,只因他从未失去对世俗生活的惊奇,才能叙述得如此津津有味。

莫凤起写的父子情,是书中感人至深的部分。他父亲幼时学医,行医后治过不少疑难杂症,在当地享有好名声。没有想到名医也会"失荆州",莫凤起八岁那年,腿部得了"走马疳",据说此病轻则跛,重则死。他父亲一时大意,未能细察,治疗得有点晚了,以致他右腿上留了块大疤,带了残。自此,父母再不让他干重活,总对他说:"孩子,爹娘对不起你。"

莫凤起23岁时,在距家几百里的乡村得了漆疮,他父亲听闻,两天走了200多里山路,赶来为他治疗。他回家休息后,因返校一路常有死人事件发生,父亲又坚持送他,走了整整两天。快到学校时,有十八里异常崎岖的山路,天色晚了,莫凤起想明早再走,他父亲却说:"不能影响你工作,你的饭碗比爹这老骨头重要。"于是摸黑前行。山道泥泞,父亲下山时担心儿子绊倒,"便走在前边,一步一摸索,遇到不好走的地方,便侧过身来,一只脚跨在前面抵稳,一只脚在后面挡实,让我的前脚抵住他的后脚,牵着我的手一步一脚、一脚一步地走完了十八里山路"。

看了这段描述,父亲的形象一下子就在眼前活了,它并不是苦难,而是苦难中人性的欢歌。莫凤起在父亲晚年时,也常像父亲牵他下山一样,扶着他过马路、上公交车。看到这番场景,我会心一笑,这细节肯定不是为了惊动周围的目光,却能让看到它的人,心灵得以栖息。这或许是莫凤起写作这本书的用意所在。

读这本书中的篇章,我联想到近年在民间悄然兴起的家族史及家族写作。虽然当下的这种写作深度与规模,无法与东汉后世家大族的家族文学相比,但这表明中国文化正在重新摸索它的源头。家族原本就是中国文化的根基,传统的人道或人文观,只有在对家族的体悟中才能生长出来。家,会影响一个人的情感、性格和文化倾向,如何让其中凝聚的人文情感和文化经验,通过写作进入一个民族的集体记忆中,在今天仍是一个大问题。好在有一些人开始了自觉的写作。莫凤起就是其中一位。

莫凤起写的湘西,写的茶峒,过去我们多从沈从文笔下才有所了解。《边城》开篇就写到茶峒,翠翠一家,就住在这小山城溪边的一座白色小塔下。沈从文写湘西,关注更多的是人与自然间"常性"的消失。他笔下的人物往往率真、单纯、自然,并未被现代生活损坏过,尊重生命本真的意志,在单纯中甚至透出神性。而莫凤起展示的,则是外来文化对湘西渗透后的景象。由于湘西文化中古风犹存,生活在这里的人仍保持着古朴、天真的生命状态,无论是莫家的爷爷奶奶、父亲母亲,还是说书人许大伯、庄稼老把式岩头大伯、艺人茂顺哥等,都呈现出一种富有诗意的生命态度和淳朴的人际关系,他们并没有被环境或生存的恶劣所改变。

沈从文一直有追寻自己生命来路的自觉,他所表现的,也是过去中国文化传统中并不多见的、别样的生命状态。莫凤起此书也是对自己生命来路的追寻,但他更多的是从一家一族的"现场"来表述自己的体验。这些感性的体验,因具有家庭内独特的视角与细节,且保存了大量对湘西日常样态的描述,从某种角度上丰富了我们对沈从文的"湘西世界"的认知。莫凤起使用的不是成熟的文学话语,而是一种纪实文体,但对我们揭开边地神秘的面纱,同样大有助益。如果说沈从文像湘西的一个自由自在的行吟诗人,莫凤起则更像一个一丝不苟的家族记者。

一方水土养一方人,两人虽文风迥异,但让人感受到背后的地域文化仍是相同的。对家族写作来说,如何写出故土和乡园对自己的影响,如何把这一脉相承的地域文化通过独特的视角展示出来,并让它拥有自己个体生命的内涵和向度,是对写作者的首要考验。虽然两人有共同的环境基因,而且这种地域文化的影响已渗透进两人的骨血中了,但由于莫凤起更关注的是一个家族的心理图景与历史记忆,所以展示出的湘西,仍与沈从文的大不相同。正是这种差异化的表述,为我们这些外地人感知湘西,提供了多维的视角。古人说"文章借山水而发,山水得文章而传",同样的山水生发的文章虽不相同,但只要是鲜活而真实的,那灵魂中的诗意一定得过天助。

还记得书中的那位说书高手,说到牛皋咬牙切齿要找秦桧报仇雪恨时,几声"呀呀呀——",加上精彩的亮相,吓得那不懂事的孩子直往年轻妈妈怀里钻。让人最感神秘的,是许大伯说书时的收场:"只见他收起马步,将高举蚊刷的手放下,轻轻坐下,端起小茶壶,把壶嘴斯文地凑近嘴唇。"这一连串仪式般的动作,分明让我们看见了湘西文化之魂,如莫凤起老先生自己所说:"这里的每块石头都有形象,这里的每片树叶都有故事。"

  这是一样的湘西,也是不一样的湘西,但都是那个神秘而迷人的湘西。

阅读是最好的悼念

杨绛老先生仙逝了,享年105岁。

记得杨绛先生百岁诞辰之时,《中国图书商报》对我有过一次采访,网上还能搜到只字片语。这些评价仍能代表我今天的观点,引用如下:

> 杨绛先生的作品我至今仍常置案头。在我心目中,她是1949年以后极优秀的白话文作家之一。年轻时读她的作品,或许只能觉出她语言的洗练和从容,但随年岁增长,你会发现她对白话文有独到的领悟与发现,暗藏玄机。她的语言在沉静中显出灵动,在精妙中透出睿智,有一种洗尽铅华后的优雅与超然,却又充盈着活力。我会用这几个词来形容她:睿智、从容、独立、高贵。
>
> 杨绛先生的《干校六记》《将饮茶》《洗澡》,都是当代文学极为重要的作品,我印象深刻。这些作品不仅展示了一个时代知识分子真实而悲凉的处境,更重要的是呈现出杨绛独立的精神与文学追求。她的作品代表了一个时代知

识分子的智慧和良心。

杨绛先生最大的贡献,是她的语言,这也是一个作家最根本的贡献。或许因她对英语和法语的通晓,包括她的翻译和创作经验,她对白话文的感受和思考比很多作家走得更深,也别具一格。杨绛先生不仅形成了自己成熟的文学风格,更重要的是让我们领略了白话文的淡泊与含蓄之美。这淡泊与含蓄,其实体现的是一种精神境界,使汉字在杨绛先生的笔下像一个个鲜活的生灵,有着精妙而均衡的表现力。这种独特的语言与审美经验,在当代几成绝响。

先生虽活过了百岁,看她的生平,仍会感到深深的悲哀。她真正的创作是从古稀之年开始的,在很多作家停止写作的时候,她才重新拿起了笔。在一个荒唐的年代,她不愿拿起笔,这是她的风骨,也是历史留给他们那一代知识分子的悲哀。可以想象,如果没有这30年的创作空白期,她的创作又会是怎样一种状态?如她在《干校六记》中写到俞平伯时所言:"年逾七旬的老人了,还像学龄儿童那样排着队伍,远赴干校上学……"不过,历史就是这么过来的。

杨绛先生作为一个苦难的亲历者和幸存者,并未停止记录与思考,这从她的很多作品中都能读到。但她与其他被伤害者开口言说的方式又不同,她留下的不仅是含着血泪与激愤的史料,更是能成为经典的文学。她在写作之初,就有一种清醒的作家意识:与自己描述的苦难拉开一定距离,重新审视自己经历的一切。所以她的笔调是隐忍的,而非控诉的;是含蓄的,而非怨恨的;是人性的,而非政治的。如她自己所言:"我既不能当医生治病救人,又不配当政治家治国安民,我只能就自己性情所近的途径,尽我的一份力。如今我看到自己幼而无知,老而无成,当年却也曾那么严肃认真地要求自己,不禁愧汗自如。"

但她对一个时代体悟的深度与细腻,却无人能比,所以在伤痕文学的喧闹过后,她的作品越来越显现出分量。她的叙述不动声色,但处处暗含批判的内核。杨绛先生始终关注的只是人,是人性,是人的情感与被时代左右的命运。她带着一份宽恕之心,写那个时代的人,这是一种更为严肃的还原真相。她已放弃了怨恨和复仇的心理,只把对人性真相的揭示,当作对自己创伤的安慰和对正义的追寻。

从杨绛先生早年的喜剧写作,及对《堂吉诃德》的翻译可看出,她对反讽素有研究。这也是她文本的一大特色。在她的作品中,所有人都可能是她反讽的对象,甚至包括作者自己。反讽写作本身便需要一种超然于自己和周遭的立场,这也是杨绛在写作中的立场。她不只是从政治或历史视角来考察时代,而且上升到了一种人类与人性的视角,也就是说除了那个荒唐的时代外,我们人性深处也始终存在着一种难以避免的荒谬。

这其实是一种"避轻就重",因为它包含了对人类无奈处境的抗拒,她的悲哀带着人与生俱来的悲哀。如她在《洗澡》前言中所言:"假如尾巴只生在知识上或思想上,经过漂洗,是能够清除的。假如生在人身尾部,连着背脊和皮肉呢?洗澡即使用酽酽的碱水,能把尾巴洗掉吗?当众洗澡当然得当众脱衣,尾巴却未必有目共睹。洗掉与否,究竟谁有谁无,都不得知。"

真正让我感到悲哀的,是在杨绛先生离世后网上涌出的另一种声音,仍如历次政治运动一般要杨绛先生"割尾巴"。很多话语竟来自我认识的朋友:有称她为"鸡汤大师"的,有称她只是"心安理得地写写自己的岁月静好"的,有说她"时时刻刻的自保意识和隐秘的利己"的,有说她"精得鬼样"的,而这些言论大多来自在我看来更为"冷刻、精明"之人。有些人可能根本没读过杨绛的书,读了大概也没读明白。

他们根本没有意识到,一个在古稀之年才能相对自由地拿起笔的老人,记录下自己的苦难,多么不易。实际上,让任何人述说自己充满创痛的过去都很艰难,因为苦难会模糊人的记忆,会让人有意识地选择逃避。然而,杨绛先生却勇敢地拿起了笔,记录下带着自己体温和血泪的历史,让我们重新感受到那些在苦难重压之下人性的尊严,正是这些痛苦、恐惧、茫然和希望,让我们明白自由、正义、人性的重要。奇怪的是,这样一个有良知、有风骨、有文学素养、低调的老人去世了,却被戴上这些稀奇古怪的帽子。我不相信这些在进行道德审判的人,在 70 岁后,仍有勇气与力量拿起笔述说自己的苦难。

我觉得公共媒体首先应当尊重这一习俗,让民众懂得敬畏死亡。因为一个不懂得敬畏死亡的民族,就不会懂得生命的可贵,同样不会敬畏与尊重生命,这也是生命意识的一种缺失。当对生与死的漠视成为一种普遍现象时,就像在每个人身上都潜伏了一个恶魔,随时可能跳出来伤害社会或他人。我不相信对他人死亡漠视的人,会在意他人承受的苦难。还有什么比对这种生与死的冷血思维更危险、更让人恐怖的?这再次佐证了一个时代人性缺失时,会出现怎样的乱象。

好在杨绛先生对此早有声明,并不因外界所言改变自己:"不论多么愧汗感激,都不能压减私心的忻喜。这就使我自己明白:改造十多年,再加干校两年,且别说人人企求的进步我没有得到,就连自己这份私心,也没有减少些,我还是依然故我。"人有了一份私心,难道就该被抹杀所有作为?这和"文革"时"狠斗私字一闪念"有何不同?从这件事看,"文革"思维仍活在很多人的脑中。

悼念杨绛先生最好的方式,还是去读她的书吧,这也是我们悼念一个作家最好的方式。今天在网上看到有网友引用了一段杨先生评论自己剧本《弄假成真》《游戏人间》的话,很受触动。这也可看作对那些"大义凛然"者的一个回答:"如果说,沦陷在日寇铁蹄下的老百姓,不妥协、不屈服就算反抗,不愁苦、不丧气就算顽强,那么,这两个喜剧里的几声笑,也算表示我们在漫漫长夜的黑暗里始终没丧失信心,在艰苦的时候心里始终保持着乐观的精神。"

注:载《凤凰周刊》2016年6月15日第17期,原题《敬畏死亡也是一种生命意识》。

画出你不知道的世界

马莉画的第一幅诗人肖像,是梁小斌。那时,她刚尝试画人物,画幅很小。隐约记得,我与梁小斌一同看到了那幅油画。梁小斌很开心,说像,说画出了自己的执拗。过了些时日,我看到了马莉画笔下的我,同样惊喜。我的固执,我的怀疑,我那时生活的紧张感,都被敏感的马莉捕捉到了。

我从没穿过紫色的衣服,但在她的画中,我就应该这么穿,而且,会永远穿下去。那是 2009 年 9 月,马莉已画了 20 多幅诗人肖像画,她雄心勃勃,说要画 100 幅诗人肖像画,迎接新诗百年。

转眼 7 年过去,马莉做到了。她用了 8 年时间,画了 102 幅诗人肖像画。"纪念新诗诞生 100 周年——马莉诗人肖像画展",2016 年 12 月 4 日已在北大开幕。

第一次有画家将画笔伸向中国现代诗人这个群体,一出手就是 102 幅油画。马莉本身是一个优秀诗人,熟悉每一位诗人,也熟知他们的作品,所以,她的画格外珍贵。艺术的完成依赖感受,这些肖像画,不仅有一个画家的感受,还渗透了一个诗人对其他诗人的感受与发现。它们的构图,它们的色彩,都带有一个诗人的理想与性情。

诗人群体,大概是这个时代最后一片精神高地了。它狂热、纯净、激情却沉重,对这个物质化世界来说,他们必然显得遥远而神秘。艺术本就应捕捉一个时代的不可见、不在场之物,画出那些被遮蔽、缺席的事物与精神,画出你不知道的世界。而诗人的世界,对今天的现实来说,就是这样一个被屏蔽的世界。对马莉来说,她不只是在画一群原生态的人,更是在为这个时代寻找恰当的形象与隐喻。

她绘画的过程,也是一个诗人对其他诗人的评论过程。看她的画,最直观的感受是,她没有把观者硬生生地塞入她的画中,而像从画布中,向你倾倒出一个个诗人的内在世界。你看到的不仅是他们的面容,更有他们的性情、精神与理想。诗人的精神,也是这个世界的现实之一,在诗人看来,甚至是最重要的现实。这是另一种现实,任何悲伤、失败与受难,在诗人充满良知的凝视中都不会落空。这种现实,意味着记忆的苏醒与历史的复活。艺术从来就有保卫记忆与启示经验的使命,于是马莉拿起了画笔。

诗人,作为这个世界永恒而不变的观察者,当他们以这种方式被聚集在一起时,整个世界都会向这个原点汇聚。马莉的画,就是这个原点。她用极简的色块与笔触、略为夸张的造型,构筑了一个诗人向世界开放的视觉系统。马莉在捕捉诗人影像时,显示了她惊人的观察力和巨大的好奇心,每一个诗人都生动而传神。包括那些逝者,也因此在我们心中鲜活起来。

这是她给予这个世界的礼物。被马莉画过的诗人是幸福的,这些画肯定会比诗人的寿命长。我想,再过几十年,人们想起这些诗人时,想到的可能是画中的这些形象。这100多幅诗人肖像画,将成为这个时代珍贵的视觉记忆。

马莉是个纯粹的诗人。她的画笔和观念,也没有被美术史或匠人技法损坏过。诗人原本就期望自己回到一个原初世界,不相信公认的规则,不相信通行的观念。马莉带着诗人的天真,就这么拿起画笔,没有任何重负,只想用线条、色块,表达自己对生命和世界最奇异的体验,打开人们被经验蒙蔽的眼睛。从她情感饱满而恣肆的画作中,我们可体会到她绘画时的那种迫不及待、那种发自心底的渴望。马莉的画,就像一朵朵怒放的鲜花,似乎没有明确的目的,却如花香弥漫,有无限的指向性,把你的感知带向一个更为阔大、深远的空间。

花开时,不会考虑观众,不会考虑姿态,不会考虑时机。它就那么骄傲地开了。

马莉痴迷绘画这么多年,显然是被内心的某个机关带动,被其左右,无法自已。这在她是一种本能,用时光、用油彩描摹出精神深处的激情。所以,无论她的抽象画,还是诗人肖像画,每一幅都像是对自己内心的一次探险,每一次都期望找到更深的视角。她的画,就像她的诗一样纯粹,不是简单地描摹实物,不是单一地勾勒情感,而像在描绘自己精神的形状、自己思想的本质。她用画布,为自己的生命保存了一小片领地,有时揭示,有时隐藏，有时活泼，有时拙朴，但无一例外，都蕴藏着饱满的生命激情。

正因为如此，我看她的画，总会感受到一种强烈的运动感。马莉一直在寻找。她画的是精神发现的过程，而非在心中静止的影像。这使她的画始终处在一种互动中：点线面的互动、虚与实的互动、结构与形态的互动、记忆与实景的互动、观看与被看的互动、色彩与造型的互动。其中遍布了大量马莉独有的密码，诗人也是一种符号。

与一些画家不同，马莉的眼睛并不是简单地向外看，感知一个外在世界，而是更多地向内看，映射出内心的画卷。过去，我们多认为眼睛是外部现实流入内在的通道，在马莉这里，却神奇地成为描摹与捕捉内心幻象的出口。过去她用文字表达，如今她又多了一种工具——手中的画笔。就像天使有了双翼，她是幸福的。

对这个天使般的画家，我们要做的只是端一把椅子，在她的画前坐下来，静静地看。

注：载《凤凰周刊》2016年12月15日第35期。

周庄的"隐逸"之骨

很早就知周庄的名,也听过三毛、陈逸飞与周庄的故事,或许因周庄名声太大、故事过于传奇,反倒让我少了一探究竟的欲望。加上老家在江南边,去过同里、甪直等水乡古镇,觉得周庄也不过如此:青石板、乌篷船、小桥流水人家……诸多原因,让我直到今年 9 月,才与周庄初次谋面。

虽在周庄只待了一天一夜,回到北京却常回味在周庄的感受。周庄确实与一些江南水乡不同,它四面环水,像片莲叶浮在水面,正因为它是一个水中隐者,虽历经沧桑,却仍保留着古朴典雅的面貌。周庄镇内的一些明、清、民国宅院保存完好,砖雕门楼据说有 60 多座。

那日下午住下,一出客栈就见一铁匠铺,炉上贴着"开炉大吉",铺里的铁器多是些古老的农具。可能因时令原因,青石巷中游人很少,蜿蜒的河道、岸边的老宅,都让你闻到时间的味道。粉墙黛瓦边,老人们坐在竹椅上,有一搭没一搭地说话,看河水在这吴侬软语中缓缓地流淌,几百年前如此,几百年后或许还是这样。

与摩肩接踵的丽江街道不同,吃过晚饭,才9点多,街头已没了行人。与几位同来的老友坐在石拱桥上聊天,河边人家悬挂的灯笼和点点灯光,勾勒出河道的幽深。没有电视和商铺的喧闹,也听不见狗吠,周庄就像一条睡在水上的船儿。我们聊着天,看着身边暗红的水阁、招展的酒旗、游弋的飞檐,恍惚间,似乎坐在一个遥远而隽永的梦中。不远处的巷边有一对白衣恋人,或哭闹或拥吻,像在舞台上表演。

周庄的空气润肺沁心。虽睡得晚,几个朋友却早早就起来了,坐在客栈幽静的庭院里闲聊。待重新走在青石巷时,还能看到河面飘着薄雾。有人在河边洗衣,从河水细碎的声响中,隐约能听出鸟鸣。河岸柳色翠绿,摇橹而过的乌篷船上,有穿蓝印花衣的妇人,大声唱着吴地的歌谣。如果你此时盯着盈盈碧水,或许会生出一种活在民国的幻觉。岁月在此显得多么漫不经心。

回到混沌喧嚣的北京,仍会时时想起周庄,它分明与我过去认识的江南,隐约透出不同的气质。可能因周庄四面环水,来往皆需舟楫,使这里的人与物都多了一份隐者的古朴与内敛。这里的廊坊河埠,这里的深宅大院,都显得那么怡然脱俗,像飘逸在尘世之外。周庄的灵气与生机,周庄对人的诱惑,无不与它的隐逸之魂有关。

看过对周庄的一些论述,都觉得轻浅,对它的隐逸气质几乎无人提及。隐逸一直是江南文化的主脉,而如今我们在周庄仍能感受到它强劲的脉搏。一般人多认为隐逸只与道家的"道法自然""无为"等思想有关,其实儒家也很早就肯定了隐逸的合理与价值。《论语》中孔子说"天下有道则见,无道则隐","隐居以求其志,行义以达其道","邦有道则仕,邦无道则可卷而怀之",都肯定了儒士之隐。

孔子专门评价过几个著名的隐士,认为伯夷和叔齐不降其志、不辱其身,天子不得臣、诸侯不得友,是隐士中的最高境界。《周易》也有大量对隐逸的肯定,比如乾卦认为"潜龙"是指有德而隐居的君子,"不易世,不成名,遁世无闷"。周庄独特的地理环境,使得它几乎未受周边战乱或社会变革的太大影响,让我们仍能看出它有古时君子"独立不惧,遁世无闷"的气质。

应当说,从先秦"三以天下让"的季札移居江南,隐逸就成为江南文化的灵魂。此后范蠡携西施来江南一带隐遁,增加了它对文人雅士的诱惑。魏晋南北朝时,因学术依赖家族传承,很多中原士族看中了江南风物的秀美,移居于此,使江南高蹈脱俗、怡情悦性、快意山林的隐逸文化有了依归,而隋炀帝对江南文化的推崇,更使这种隐逸精神得以彰显。再后,便是江南文化张扬的年代。快意山林、寻幽探胜,成为历代中国人说起江南时的直觉反应。到明清时,江南不仅成了重要的学术中心,因有着庞大的市民阶层,也是当年流行文化的中心,大多数话本小说都源于此。

清代时,统治者认为江南文化最具汉人特征,乾隆对江南文化爱恨交加,无非是看到了这种隐逸传统使江南的学界精英显得桀骜不驯。那时的江南以苏州为中心,无论是经济还是人文精神,都是中国其他任何一个区域无法比拟的。有史家统计,从顺治到光绪的 200 多年间，江浙两省的状元和探花，是直隶、顺天、河南等中原地区相加的近 10 倍，江南早已取代中原成为文化中心。一时间，"苏人以为雅者，则四方随而雅之；俗者，则随而俗之"。以苏州为中心的江南在明清两代，可以说代表了中国传统文化和社会形态的巅峰状态。

直到太平军来，才终止这一切。太平天国定都南京后，封锁了大运河交通，使这条贯通南北的大动脉彻底被切断。太平军一直垂涎苏州的富庶、繁华。1860 年，李秀成统帅数万大军，东征苏州，一时间苏州城风声鹤唳。当时的名门望族，无论学者、官绅、地主、商人大都携眷离城，苏州烟焰蔽天，民屋与市肆尽数被烧尽。此后，苏州成为淮军与湘军的必争之地。李鸿章、左宗棠多次在此与李秀成军展开拉锯战。江南一带室庐被焚毁，尽成废墟，田亩无主，土地抛荒达到三分之二，人口也大量衰减。李鸿章攻陷苏州后，对苏州城进行了大清洗，据说当时河道变红，地底数尺都浸透鲜血。当时一个外国商人看到，苏州复归于清军后，整个十八里之内看不到一幢房子，看不见一头牲畜。苏州的繁华从此成了前世的风景，文化的极致和优雅，也随着名门望族或迁居上海，或死于战乱，而一去不复返了。

战后，大批移民从湖北、湖南、河南和苏北等地，来到江南一带。过去这里一向人烟稠密，只会向外移民，这成为江南历史上一次绝无仅有的大移民。当时，两湖地区整村整村的农民蜂拥而来，希望能占到无主的良田和房屋。新移民的拥入，不仅悄悄改变着当地的民风与传统，更出现了以土地为焦点的土客矛盾。

这些新移民改变了江南文化的景观和社会性格。或许,这里还保留着一点过去江南市民的优雅脱俗,但也沾染了新移民中一些群体的粗鲁与蛮横,尽管江南的风物在恢复它的秀美,但无论如何,那个可被称为隐逸精神之源的江南文化,却完全消散了。

我这次来周庄,却感受到这种以隐逸为传统的江南文化,在周庄仍保存得很好。我未查过周庄的历史与移民史,但周庄四面环水的地理位置,使它极有可能躲过了这场战火与大移民。周庄本就像一个隐士,它的建筑与布局也处处体现着林泉之隐的追求。在周庄,你不仅能看到那些老宅有"初发芙蓉"的筋道,景观显示的也是鸢鱼之乐和水态林姿的率性之道。"物有天然之趣,人忘尘世之怀"这两句话,也像是专为周庄写的,你内心随时随地都会涌现这种感受。

周庄的居住与行走处,处处充满灵性,拳山、勺水、拱桥、高檐,都显现出一种超然实物的审美意趣。"风骨"一词,过去我们多用来说人说画说文,如今我们用它来品评周庄也非常贴切。在论及为文之道时,风说的是文章的内在之气,它是充沛清峻的情感之气,也指深沉坚定的志气之气,而骨说的是坚实道劲、骨鲠有力的言辞,有了风与骨融会贯通,文章才能真正打动人心。其实周庄何尝不是如此?它的隐逸风骨,在我看来,应当被视为江南文化在现代社会的一个精神源头。如果你想抛下滚滚红尘,不被凡俗事务侵扰,在这里无疑能体味到一份生命自由的情怀。

听说周庄过年也是年味十足,从腊月廿四一直要延续到正月十五,从祭灶、烧香、祈福、打春牛,到舞龙舞狮、接财神、闹花灯、挑花篮、荡湖船等,这或许说明,周庄当年确实没有受到太平军战火的破坏,很多文化传统仍保存完好。这也能让我们认识到,江南文化的另一核心就是宗族的神圣和力量。周庄人正是通过这些宗族的集体仪式,体会到"年"的意义,那就是感恩自然、敬畏时间、缅怀先祖、礼赞生命。周庄人如此重视过年,过年时祭祖与天地神,举办各类有文化渊源的仪式与活动,也是为了感受来自天地与祖先的关怀,这也是中国人人生使命感的重要来源。没有亲历过周庄的"中国年",很期望有一天能去亲身感受一番。

有人领了金扫帚奖

金扫帚奖的奖品,是北方扫炕用的小笤帚,用高粱穗子扎成。这些笤帚说不上做工考究,但比起它要"奖励"的电影,却显得用心一些。在过去三届的颁奖现场,这些笤帚只拿上台展示了一下,并无人领走。今年有些让人意外,还真出现了领笤帚的人。

这是一个纯民间的电影奖,由《青年电影手册》创办,不是评出中国年度最佳电影,而是选出最令人失望的电影。在这烂片多如牛毛的年代,要入选金扫帚奖,竞争显然要比金鸡奖激烈。当然该奖也有门槛,除影片够"烂"外,还得有知名度,或有大制作、大导演、大明星、大宣传、高票房,至少得占上一项才有资格参评。所以这些年上榜的影片、导演与演员,大多人们耳熟能详,因此金扫帚奖至少显出些不媚权势的风骨。

做了几届金扫帚奖的评委,我对是否有人领奖并无期望,甚至认为,无人领奖,才能显出该奖的价值。没想到的是,才办到第四届,就出现了领奖人。因《河东狮吼2》而获最差导演奖的马伟豪,派来助理领奖,并发表获奖感言称:"估计这是一个不内定、不黑箱的奖项。我得此大力鞭策,身心恐慌而自责,同时也为这奖项背后的精神喝彩。"一时间,现场掌声四起,为这位香港导演直面批评的勇气而鼓掌。其后,获最差中小成本影片奖的《疯狂的蠢贼》制片人,不仅亲手接过了"金扫帚",还宣读了检讨书,现场向观众长时间地鞠躬致歉。

有意思的是,获最差男演员奖的小沈阳在颁奖后,也在微博上接受了金扫帚奖,并写道:"金扫帚,应该办下去。给我的奖我会虚心接受!我打心眼里承认确实是烂!这也是在我往后的路上的鼓励和历练。"赵本山也表示,今年要减少爱徒的拍戏量。比起前几年电影人的集体沉默,这些回应至少表明电影人也在成长。古人说"知耻近乎勇",有勇气面对观众批评,至少说明内心还有清醒的自我认知,对电影艺术和观众还有基本的尊重。这或许也是成长需要的动力。

金扫帚奖创办之初,可能很多人认为是恶搞或玩笑,但连续4年的严肃评选,让越来越多的人开始改变看法。不仅媒体有越来越多的报道,网友在门户网站的投票数量也在激增,从上届的20多万投票,到今年的200多万,显然更多人看到了金扫帚奖的价值。因为要让民众对电影艺术标准形成一个基本共识,除了要让最佳影片实至名归以外,还得揭下那些徒有其表、名不副实的"大片"的"画皮"。中国的各种电影奖之所以敢注水、注水多,就在于艺术标准模糊。金扫帚奖的出现,至少提供了打破这种对权威盲目崇拜的可能,让民众获得一个独立评价电影的空间。有了来自"最烂"的制衡,一个社会对电影的评价才能趋向公允、客观,而不是让某些电影利益集团自说自话。

没有最差,哪有最佳?对中国电影来说,这个奖的价值,显然要超过那些歌功颂德的"贴金奖",或自娱自乐的"花钱奖"。对买奖成风的电影圈来说,金扫帚奖至少呈现给社会与民众一份公正评选最差的勇气。电影人当然更应勇敢面对这些来自民间的负面评价,只有认识到民众欣赏水准与自身作品的差距,或许才能促使电影人创作出真正的精品。

虽然这个奖只代表一部分影迷与评论人的意见,但这个奖能让更多的人听到对电影的不同声音。观众消费了烂片,只能自认倒霉,无法找导演索赔,但能借这个投票,表达一下心中的怨气。所谓对电影行业的监督,也需要通过类似的电影维权行为才可能完成。反观如今越发粗滥的各类电影奖,之所以潜规则横行,原因之一就是缺少此类"艺术打假"的勇气。

中国电影去年生产了近750部故事片,仍然是烂片居多。虽然对烂片的质疑从未停过,烂片却横行得越来越肆无忌惮。究竟是中国电影人创作力萎缩,还是电影管理者封闭的管控导致各种投机取巧的假文化和伪文化产品大行其道,我想答案是不言自明的。文化的繁荣必然来自视野的开阔和思想的自由,如果对待文化没有开放、宽容的心态,烂片现象只会愈演愈烈。当然,这份开放、宽容的心态,首先要存在于电影人的内心。

市场经济已改变很多市场的权力结构,电影界同样如此,只依靠行业管理部门调整业界秩序,或许会越管越乱。我们更需要的是行业的自我管理,只有多出现一些像金扫帚奖这样能进行真实批评的平台和民间组织,才有助于电影界形成自治和自律的机制。这种有奖励、有批评的行业秩序,必须是基于共同价值建立起来的,必须是一种真实的信用体系。只有这样,才可能得到业内人士与民众的信任和尊重。

有人领金扫帚奖,说明电影人对批评有了更开放的心态。但如何用这把"金扫帚"扫一扫积满污垢的影坛,扫一扫每个电影人的内心,却仍然任重道远。

注:载《北京青年报》2013年3月8日。

对寓言有一种偏爱

回顾自己的阅读史,我对有寓言气质的作品有一种说不清的偏爱,从英国作家史密斯的《琐事集》、俄国作家洛扎诺夫的《落叶集》,到卡夫卡、博尔赫斯、卡尔维诺、本雅明、波德里亚等的作品。卡夫卡的短章全是寓言,《城堡》同样是一个大寓言,只不过写得太长,被人们称为长篇小说而已。几年前,编诗人梁小斌的笔记《梁小斌如是说》时,我还写过一篇后记叫《正在复活的寓言》,谈到自己对其寓言气质的喜爱。

先秦是盛产寓言的年代,从《周易》、庄子到孟子、韩非子、列子,文中都有大量寓言。很少见到今人论及《周易》的寓言性。记得我初中最早读《周易》,就是把它当寓言读的。虽文字艰涩,但借助译注,并没觉得这本书有多深奥。在我少时印象中,《周易》的寓言与庄子等的比起来,留白较多,要你用想象去完成。抛开研究《周易》的各种学说,从文本角度看,我当年的观点并没有错。占筮也是一种类似宗教的行为,它要让人理解并留有回旋想象的空间,只有寓言这个办法。

《周易》的很多爻辞本身就是寓言,而象辞和彖辞说的是寓意。我们今天用的一些成语,像羝羊触藩、即鹿无虞、窒井碎瓶、切肤之痛、群龙无首等,都是一些行文简洁的寓言。我想,它们之所以简洁,不过是对占筮师的一个提醒,故事都藏在它们的肚子里呢。有了这个观点,你再读《周易》的《系辞》一文,会发现它就是一篇关于寓言的论文。它所说的"以仰则观象于天,俯则观法于地,观鸟兽之文与地之宜""近取诸身,远取诸物""圣人立象以尽意",同样适用寓言之道。

庄子有篇文章便叫《寓言》。庄子从影响力角度论及寓言,说"寓言十九,重言十七",意思是:寄寓之言十句有九句会让人相信,而引用前辈的言论十句有七句让人相信。庄子把"寓言"看作"借外论之",就是借助与当事人无关的人或事来进行评论。这和"寓言"字面意思相当,"寓"就是寄托、寄居之意,在"言"之外,还有一种寄托的意义。可能因为庄子相信寓言的传播力,他的文章多由寓言组成,司马迁说到庄子文章时就说"大抵率寓言也"。庄子与孟子、韩非子等人不同,他笔下寓言的题材不只是人物,还有自然界的各种事物。我印象最深的是其中罔两和影子的对话,罔两指影子外微阴的部分。这种细腻的观察与趣味,想来今天也极少存在了。

论及先秦寓言,值得一谈的还有孔子。孔子主张"不语怪力乱神",所以《论语》言论中极少涉及寓言、神话。但因孔子名声显赫,他本人虽然很少说寓言,道、法等各家却常拿他扮演寓言中的角色。《庄子》中孔子常常出现,前后有近 30 次。庄子用孔子来扮演道家的追随者或布道者,一会儿写孔子要拜单脚的道家王骀为师,一会儿又写孔子准备抛弃学业混迹山林等。《庄子》中的孔子不仅成了老子等人的学生,还会被人责骂。如在《盗跖》篇中,孔子就被盗跖骂为"鲁国之巧伪人",孔子在盗跖面前也畏畏缩缩,毫无圣人之风。其实,在诸子文章中活跃的孔子,往往是庄子、列子等编派的。于是孔子在这些寓言中时而睿智,时而愚钝,那不过是哲人为传播自己的学问,对名人孔子随心所欲地褒贬和篡改,是不能当作史料来引证的。

可能正是儒家"不语怪力乱神"的传统,使先秦之后寓言这种文体并不发达。甚至早年关于黄帝及尧、舜、禹的一些神话传说,也迅速以"信史"的方式载入典籍。虽说儒家的这种传统意味着一种理性的觉醒,但对寓言这种文体有削弱作用。所以寓言长久以来只是附属在文章中,并未独立成一种文体。1000 多年后,直到柳宗元才开始创作独立成篇的寓言,这就是他写的著名的《三戒》:《临江之麋》《黔之驴》《永某氏之鼠》。即便这样,作家直接创作寓言作品的仍少之又少,古代文论也极少论及这类文体。即便到了现代,论及寓言时也多将之视为儿童文学,极少有人将寓言上升到一种理论来思考。对寓言最高的奖赏,大概就是成为全社会人人熟知的典故。一方面古文中存在大量的典故,另一方面对此文体几乎没有研究,这倒是一个奇怪现象。

人们多认为寓言在中国的兄弟主要是哲学,而在西方,寓言传统却与宗教相关。因古希腊流行的是神话,虽有伊索这样专门创作寓言的作家,但寓言注定只是文化世界的配角。像古希腊哲学家柏拉图就很不喜欢寓言,他认为寓言的思维有时远离现实的本质,与哲学的直白比起来,"言"和"意"的关系过于曲折。西方的寓言到《圣经》时代才开始壮大。因为有一个庞大的《圣经》寓言体系,直到今天西方文学世界中仍保持着一种不灭的寓言精神。

《圣经》中多的就是寓言故事,它的解经学丰富了人们对寓言的看法。中世纪时,就有人把对《圣经》的阐释分为四个层次,称为"解经四义"。当时人们认为,《圣经》寓言除了记录了神和基督行止的字面意思,它还有三层意义:一是指导信徒行为的;一是适用于人的灵魂和德行的;此外还有一层神秘意义,是关于天国事实和世界真相的。牛顿的后半生,研究的就是这种《圣经》密码。前些年据说发现了他的手稿,竟计算出世界末日是2060年。虽然人们并不当真,但直到今天仍有科学家在用电脑或数学方式来破译《圣经》密码。参看《圣经》与寓言的这个渊源,我们或许能推理出,先秦对寓言的热爱,与《周易》的占筮这类原始宗教行为是有一定关联的。

《圣经》是西方文学的重要源头,它的寓言气质自然影响了其后的文学。但丁的《神曲》就是一部长篇寓言,他被视为中世纪的最后一位诗人,与此不无关联。但丁探索的是寓言的第四层意义,即天国秘密。其后的浪漫主义运动开始强调人的想象力,寓言这个传统自然受到轻视。浪漫主义理论家多看不上寓言,认为寓言说的只是世界已存的理念,不过是把抽象概念转化成可理解的故事而已,这种转化往往造成"言"与"意"的断裂。他们更看重象征的力量,认为象征把人的想象力转化为语言形象,代表了人的主体性。浪漫主义者把象征看作文学的最高表现手段。

和中国不同的是,寓言这个传统在西方文学中一直存在,只不过未得彰显,比如在波德里亚、卡夫卡等著名作家身上表现得尤其明显,但西方文论过去对此认知不足。直到本雅明,到20世纪初才重新让"寓言"在文论中复活。他把象征看作对寓言的篡夺,遮蔽了寓言真正的价值。在他看来,象征强调的是理念与象征物的和谐一致,要的是明白晓畅,这恰恰成为象征的局限所在。他认为,寓言的"言"与"意"的飘移、差异及言此意彼,恰恰是一种有机的观察世界的方式。本雅明认为和历史相关的一切不合时宜的、悲伤或失败的事物,都可以用一副肺结核面容或一颗骷髅头表现出来。象征给人的是整体的光辉形象,寓言崇尚的是碎片,而在一个支离破碎的时代,只有碎片是真实的,我们只有从碎片中才能挖掘出历史的真实。他认为,现代主义的本质就是寓言,这种碎片式的美学就是为了对抗古典美学的整体性和完美性。所以寓言所喜爱的反讽、隐喻等,也成为现代文学的一种主要表现形式。

本雅明把寓言看作这个时代最有意义的思想形式,一种普遍而绝对的表达。因为"言"与"意"的断裂会形成思想的多种含义,使作品的张力更大。在我看来,寓言的这种特征如同宗教,无限地接近什么,却又不明确地说明达到了什么。它不是把世界变成一些固化的结论,而是把结论埋藏得极深,交给人们一种发现自己、发现真理的力量。庄子为何喜欢用寓言来阐释思想？这和他崇尚心灵与思想的自由有关，任何结论一旦说出，就可能变为成规陋见。有个学者说过，智者必须用寓言把自己发现的东西隐藏起来，以培养人们对上帝的敬畏、道德和善行。所以寓言会对一切确定性的理念进行反驳，也会对一些质朴事物和看似常识的观念提出质疑，它其实是在表达人对教条的不满。

当然，还有一种情形也会让寓言流行起来，就是庄子所言"以天下为浊，不可与庄语"，"以寓言为广"。当天下污浊到你不能认真地讨论问题时，用寓言来拓展自己的思想，自然流传得也会更广。

注：载《中华遗产》2011年第6期，原题《寓言能否在这个时代复活？》。

人伦之情是成长的基石

自看过《黎明之前》后,对导演刘江的作品一直有所期待。在处理一些类型剧时,他总能做到从立意到手法都有创新,让你耳目一新。青春剧《归去来》同样如此。

乍一看,这是一部青春偶像剧,表现了海外留学生这个群体的成长故事。但看完全剧你会发现,这不过是刘江切入社会现实的一个入口。年轻人在现实中会遭遇的精神困惑、东西文化差异、阶层隔阂、政商腐败等前沿话题,在剧中都有涉及。它更像一部表现成长的当代史诗,全景式地展现了青年精英在当下的生存样态。但他关注的不只是成长,还有个人被时代左右的命运,以及由此带来的心灵成长或精神败坏。刘江以一种独特的方式,呈现了过去青春剧或反腐剧都不曾说出的东西。

过去一提起青春剧,无非是爱情的分分合合,大多带着青春期的梦幻色彩,似乎唯一真实的只有自己的情感和愿望,价值观也单一到只关注自己拥有的一切,至于自我与他人、家庭、群体、社会的正义的关系,从来不在这些青春剧的视野中。《归去来》则不同,虽然也是以情感作为主线,但引起情感纠葛的因素更为复杂,有家族利益、阶层差别,更有价值观的冲突。在主人公的情感抉择中,从未简化年轻人所要面对的真实生活与矛盾。

对正在成长的年轻人来说,表现他们真实的生存处境,远比浪漫想象拥有更为广阔的创作空间,这是《归去来》区别于其他青春剧的地方。除了几位主人公的情感线,主人公们与父亲的关系及父亲之间的关系,一直推动着整个剧情的发展。这几个年轻人各自有一个成功的父亲,书澈的父亲是副市长,萧清的父亲是检察官,缪盈的父亲是一个大企业的老板。然而,烟花终有散尽时,所有的父亲都有老去的一天。这三个年轻人最初都怀着对人格独立和自由的渴望,然而走出的道路则不尽相同。

书澈的父亲与缪盈的父亲,因一直做着官商勾结的交易,使书澈与缪盈虽青梅竹马,却无法联姻。缪盈服从了父亲武断的安排,书澈则由此开始怀疑父亲,并演变为一场父子间内心的对抗与战争。相对来说,萧清与父亲的关系要正常一些,但在最后几集,父亲也让女儿承受了把未来公公送进监狱的人伦与情感的煎熬。可以说,《归去来》对父亲与孩子成长的关系做了很生动的演绎。尤其是书望送儿子去机场时说的那段话:有一种冷,叫爹妈觉得你冷;有一种需要,叫父母认为你需要。观众被书望感动,因为这让很多人看到了自己父亲的影子。在父亲眼中,儿子永远长不大。在儿子眼中,父亲永远想牵着自己的手。

如剧中所表现的,孩提时你会觉得父亲无所不能,随着自己的成长,你才逐渐发现父亲的许多无奈与局限。或许我们会与父亲争吵,或许我们会离家出走,但终有一天,你会选择与自己的父亲和解。我想有很多孩子,在面对日渐衰老与孤独的父亲时,会忍不住像书澈那样问自己,这个给了我骨血的父亲,究竟是一个怎样的人？我理解或误解过自己的父亲吗？

从书澈、缪盈和父亲的关系可看出,父亲虽是与我们有血缘关系的人,甚至朝夕相处,但没有谁敢说真正了解自己的父亲。父亲与孩子再亲密,在孩子心中总有一种神秘感,哪怕父亲的性格圆润如玉,我们的内心仍会对他有一种隐秘的敬畏。孩子在父亲身上看到的不只是父亲的形象,还隐约有自己未来的影子。或许是父亲的生命经验,让我们充满好奇和敬畏。

所以,孩子成长到一定的年龄,花一定的时间和精力,去主动感受与领悟父亲曾经的生活经历和生命体验,这同样是一种成长。记得有位作家说过,父亲的德行是留给孩子最好的遗产。书澈和缪盈的父亲,虽然没有给孩子留下这种德行的遗产,但仍然有爱的遗产。这份爱的遗产,并不会因这两位父亲成了罪犯,就真的消失了。

在通常认知中,贪官常利用家人或家族其他成员进行利益输送。《归去来》则反其道而行之,书澈一直担心和反对父亲涉贪,甚至主动拒绝可能的利益输送。我不知道在真实的反腐案件中这样的子女有多少,但这种视角让我们对反腐多了一种审视的可能。

从大量已曝光的腐败案件看,家族腐败因有亲情与血缘关系,这类贪腐共同体往往结构稳固。剧中成伟通过华隆集团向田园科技的利益输送,就属于手法非常隐蔽的贪腐方式。书望利用手中权力关照成伟,再经他们之手,通过其他公司来照顾自己的家属,间接地回收利益。如果不是书澈主动退款,要查证这样的腐败可以说极难。因官员并未直接从权力受益人手中获益,而是通过貌似合法的手段,转了一道手,就把贪腐的资金洗白了。这种贪腐既规避了政府监管,查证起来也难获得完整的证据链。

然而,剧情并没有像我们想象的那样发展,书澈主动退回可能的利益输送,并因此与父亲产生了更深的裂痕。在现实中,儿子可能会拒绝父亲一次两次,但能否一直抗拒这种腐败的侵蚀,还真是一个问题。我们通过书望、成伟及子女的种种表现可看出,在一个腐败的环境中生活,每一个人都是痛苦的。贪腐者会因掠夺的贪婪,或变得惶恐无措,或沉浸于动物般的享乐;被剥夺者则因丧失的利益和尊严,每天承受着屈辱与奴役,而变得心灰意冷。那些原本健康的年轻人,会因腐败而在内心长出溃烂的伤口。腐败不仅让谎言成为人们奉行的真理,更让人们对危险变得无知。

对这些成长中的年轻人来说,腐败不只是他们生活和职业的毒素,也会成为他们思想与精神的毒素。当腐败成为人人都要学习的生活方式时,像书澈那种遵守公共规则的人,反而只能"收获"羞辱和不理解。不过,《归去来》并没有像一些反腐剧那样,把贪官脸谱化,从书望的腐败经历可看出,制度性因素是其腐败的原因之一。要真正反腐,仅靠书澈之类的年轻人主动觉醒肯定是不够的,它必然伴随着对旧制度、旧体制、旧价值观的清算与纠正。只有真正改变导致书望腐败的制度性因素,让权力完全在法律和民众的阳光下运行,才能真正终结腐败,给正义者和年轻人以勇敢对抗贪腐的勇气。

  不过,反腐并不意味着要抛弃人伦之情,这是《归去来》最后几集的一个亮点。当萧清需要在法庭上把书澈私下告诉她的事,作为证人证言,来指控未来的公公时,导演着力表现了她的煎熬,并通过一个"行刺"事件化解了她的困局。书澈在回答警方的讯问时,也回答"不知道"来为父亲脱责。剧中几个孩子,都到狱中探望自己的父亲。这些尊重人伦之情、带有人性关爱的剧情设计,不仅道出了成长的核心,也是法律的应有之义。很显然,当社会没有人伦之情作为基础,亲情都无法信任时,法律的严明也就丧失了它本来的意义。刑法学之父贝卡里亚就有过这种观念,认为以背叛、出卖为基础的证词,哪怕这些证词确定无疑,也不应当采信。在他看来,背叛、出卖是犯罪者都厌恶的品质,一个国家的法律显然不能以罪犯都鄙夷的方式来对付罪犯。法律首要维护的是人类的尊严,当然不应挑战基本的人伦情感和社会关系。

  如今一些反腐剧认知不到,法律应当从人的基本价值理念出发,让人得到更多尊重。人伦秩序是社会首先需要尊重的底线,无论是政府行为还是法律规范,都必须体现对人伦的尊重,要以保护人伦之情为前提。如果一个人不愿意,我们不能以政治、法律或社会的名义,要求他做出伤害人伦之情的事情。如果用法律和社会要求的秩序,破坏家庭的人伦秩序,伤害的将是整个人类的生活根基。当亲人背叛成为一种常态,它只会给人类带来更为恐怖的生活。对人类来说,失去了人伦的基本规则,就没有人类和生活。当家庭成为废墟时,社会与国家也就没有了存在的基础。

　　西方伦理对此就有原则性的定义。一个简单例子,一个老师当着全班同学的面问一个孩子,他的父亲是否经常酗酒,如果他的父亲确实酗酒,这个孩子却矢口否认此事,这个孩子是在说谎吗?在多数伦理学家看来,这个孩子的回答是正当的,不应承受说谎这一指责。因为很简单,任何家庭都有自己的秘密,作为一个孩子保守这种秘密,没有任何过错。反而是这个老师,以不合适的方式,在公众面前扰乱了这个孩子的家庭秩序,损害了他父亲的尊严,没有尊重别人的家庭隐私。在伦理学家看来,这个老师反而要承担说谎的责任。法不徇情,但人是有情的。这或许是几个年轻人,从自己家庭的变故中得到的最深刻的教训。

　　做对的事还是做对自己有利的事?这既是当下年轻人在成长中需认真思考的问题,也是导演刘江创作《归去来》的初心。如何用典型的人物形象和戏剧结构,来更深刻地揭示这个时代的成长与人性的真实状况,表现这个快速转型与裂变的社会中人与世界的关系,已成为摆在当下电视人面前的一个共同课题。刘江以自己的方式做出了回答。书澈和萧清,在剧中都表现了对人格独立和自由的渴望,这或许不是答案,但人格能带来生命与成长之美,也终将带来对时代的改变。

　　真正的成长,不是为了获得片刻的歆羡和爱慕,而是令人永志难忘。其中精神的自足是首要的。精神自足的人,青春时可享受生命的烂漫,年老时也能获得生命的从容。无论经历怎样的磨难,成长对他们来说,都像一个永恒的祝福。

活在民族的语文中

中国台湾著名诗人、文学家余光中,2017 年 12 月 14 日仙逝。老先生离世时已是鲐背之年,走时又无病痛,绝对是喜丧了。看报道,余光中是 1928 年重阳生人,2017 年 10 月 23 日中山大学文学院刚给他贺过卒寿之喜。他还说并不想当人瑞,戏言"行百里者,半九十",以喻前路之难。余光中除童年时与母亲为躲战乱有过逃亡颠沛的日子,其后所受磨难极少。生于此世,能如此平安地走完一生,确是一种大圆满了。

余光中生于南京,在那里读的小学和中学,并在金陵大学读了两年外语专业。1949 年他随父母迁往香港,一年后赴台,在台湾大学修完了学业。毕业后,他曾入台湾军界任编译官,退役后一直在台港两地大学任教授,或教英文,或授文学,授课之余,一直驰骋文坛。他的作品量极丰,在诗歌、散文、评论、翻译领域均有建树。与余光中有过复杂纠葛的陈芳明,对余光中的评价是客观的:"以诗为经,以文为纬,纵横半世纪以上的艺术生产,斐然可观;那已不是属于一位作者的毕生成就,也应属于台湾文坛创造力的重要指标。"

余光中的父亲余超英，福建永春人，早年侨居马来西亚拓植橡胶园，在马六甲办过华文学校，归国后在福建做过永春县教育局局长、安溪县县长。1949年，余光中离开大陆时，他的父亲任国民党中央党部海外部常务委员。

我最早读余光中的诗，是在四川的《星星诗刊》。1982年，诗人流沙河在那里开过一个专栏，叫《台湾诗人十二家》，前面有介绍和赏析的文章，后面附了诗人的诗作。那时余光中的《乡愁》，在大陆还不像今天这么有名。流沙河在文章开篇就引了余光中的名篇《当我死时》：

> 当我死时，葬我，在长江与黄河之间
> 枕我的头颅，白发盖着黑土
> 在中国，最美最母亲的国度
> 我便坦然睡去，睡整张大陆
> 听两侧，安魂曲起自长江、黄河
> 两管永生的音乐，滔滔，朝东
> 这是最纵容最宽阔的床
> 让一颗心满足地睡去，满足地想……

这大概是我读到余光中的第一首诗，像是为今天写的，如今他已"坦然睡去，睡整张大陆"，可以"听两侧，安魂曲起自长江、黄河／两管永生的音乐，滔滔，朝东"。20世纪80年代初，读到这样的诗，我大吃一惊，它在我幼小心灵中所激起的波澜，并不亚于今天的孩子首次看到VR(虚拟现实)影像。我高中能写出被编辑视为前卫的诗,与这种阅读经验是分不开的。我后来开诗会,见过余光中先生,只是向他问好,并未言及那时他对我的震动。如今想来有些懊悔。

如今大陆一说起余光中,说的都是他的诗歌《乡愁》,也多以"乡愁诗人"称呼他,似乎他只写过这一首诗。这是他的幸运,也是他的不幸。幸运的是,他有一首诗能让这么多人知道并记住;不幸的是,这种记住使他的文学面孔显得单一,甚至可说是对他的简化和矮化。这种"一首诗主义"自古以来就存在,但如果只到这首诗为止,就认为自己认知了一位诗人,可能会被诗人看作最悲哀的事。

余光中其实是个诗歌风格多变的诗人,他前后写过800多首诗。他早年学英文专业出身,又到美国留过学、教过书,早年诗作深受西方现代诗影响,不过因未走出新月派和五四新诗的基调,他的现代诗与20世纪80年代后大陆现代诗的风格,还不大相同。20世纪60年代后,他开始把目光转向中国古典文学,期望自己能对传统有所改造,诗歌完全走出了西化风格,想在古典节奏中有所创造,诗歌显出传统的一面。如他自己所说:"少年时代,笔尖所染,不是希顿克灵的余波,便是泰晤士的河水。所酿也无非一八四二年的葡萄酒。到了中年,忧患伤心,感慨始深,那支笔才懂得伸回去,伸向那块大陆,去沾汨罗的悲涛、易水的寒波,去歌楚臣,哀汉将,跟古代最敏感的心灵——陈子昂在幽州台上,抬一抬杠。"其后,他受美国摇滚乐启发,开始注重从民歌中汲取营养，追求诗的音乐性和可诵性，常有诗歌如歌词般简洁，适于吟诵，《乡愁》一诗就是那时的产物。

不过，余光中无论歌咏乡愁亲情，还是吟诵汉魂唐魄，抑或是悲叹现实沦落，他骨子里还是有中国古典文人的情怀。他的诗仍偏于传统，这或许是一个诗人难以摆脱的时代性，但从某种程度上看，这也是余光中自觉的追求。如他所言，"一位诗人最大的安慰，是为自己的民族所热爱，且活在民族的语文中。当我死时，只要确信自己能活在最美丽、最母亲的中文里，仅此一念，即可含笑瞑目"。从今天他逝去后大陆民众的反应看，他做到了。

他那一代诗人中，余光中无疑是一个有着清醒的语言意识的诗人。这和他早年的英文学习和翻译经验有关，也和他深厚的古典文学功底有关。这种语言意识，或许当代的很多现代诗人不认同或不喜欢，但不失为一种努力的方向。在余光中看来，"地道的中文"与国人的关系日渐生疏，包括文言文与民间口语。他后期的诗作，包括他的散文，都在努力恢复"地道的中文""原有的那种美德"。在熟悉英语的余光中看来，措辞简洁、句式灵活、声调铿锵，就是中文的生态。他的语言在他人看来可能是保守的，但对余光中来说，那一直是他中文创新的试验。他一直期望中文"缓慢而适度地西化"，"高妙地西化"，认为"太快太强的西化"会破坏中文的自然生态。所以，他批评艾青，认为"在新诗人中，论中文的蹩脚，句法的累赘，很少人比得上艾青"。

余光中的这种语言意识和追求,在他的散文中表现尤为明显。他自称"右手为诗,左手为文",以诗为正宗,文为副产。他的散文写作,也比诗歌写作晚 10 年,但散文的成就似乎要超过诗歌。余光中也认为自己"在散文艺术上的进境,后来居上,竟然超前了诗艺"。在散文中,他的语言意识很清晰,是完全反欧化的,也反对五四时期朱自清们的"白话文纯粹观",他认为以笔就口,口所不出,笔亦不容,是画地为牢。他非常注重吸收文言的优点,如对仗匀称、平仄和谐、辞藻丰美、句法精练等。他在批评朱自清的散文时就说过,"欧化得来的那一点'精密'的幻觉,能否补偿随之而来的累赘与烦琐,大有问题;而所谓'精密'是否真是精密,也尚待讨论"。他认为即便欧化能带来精密,也只限于论述文。

从语言和文体角度看,余光中的散文实现了他的理想。他注重行文的节奏、单调、章法和句法的变化,注重"声色并茂、古今相通、中西交感",注重吸收"文言的严整简洁,英文的主客井然",试验语言的"速度、密度和弹性",文章好读而不刻板,确实做到了"让中国的文字,在变化各殊的句法中交响成一个大乐队"。但这仍然只是语言的追求,散文的境界却不完全是由语言决定的,作家的生命经验与生存体验的分量,往往也决定了文章的分量。余光中的散文,确实体现了一个中国文人健康、诚恳的情感世界,家庭伦常、故国故人、自然山川在他的文章中都有表现,但因他一生非常顺利,常年在书斋生活,虽然摆脱了他反对的"伪学者散文"的某些毛病,但他的散文生命体验的厚重度仍略显不够。这或许是一个作家,要为一生顺达所必须付出的代价。

余光中做了一生的教授,但骨子里还是一个诗人。相比起他的诗、文来说,他的评论倒显得更为率性真实。他在20世纪70年代提出要"改写"新文学史,对戴望舒的诗、朱自清的散文、艾青的诗等都有过严肃的批判。他批评朱自清的散文"庸俗而肤浅""滑稽与矛盾",在"伤感滥情等方面做出了示范";认为朱自清的散文"想象不够充沛,所以写景之文近于工笔,欠缺开阖吞吐之势","他的句法变化少,有时嫌太俚俗烦琐,且带点欧化。他的譬喻过分明显,形象的取材过分狭隘,至于感性,则仍停留在农业时代,太软太旧。他的创作岁月,无论写诗还是散文,都很短暂,产量不丰,变化不多"。他评价戴望舒:"他的产量少,格局小,题材不广,变化不多。他的诗,在深度和知性上,都嫌不足。他在感性上颇下功夫,但是往往迷于细节,耽于情调,未能逼近现实。他兼受古典与西洋的熏陶,却未能充分消化,加以调和。他的语言病于欧化,未能发挥中文的力量。他的诗境,初则流留光景,囿于自己狭隘而感伤的世界,继则面对抗战的现实,未能充分开放自己,把握时代。如果戴望舒不逝于盛年,或许会有较高的成就。这当然只是一厢情愿的假想,因为20世纪30年代的名作家,1949年以后,在创作上例皆难以为继,更无论再上层楼。"

大概只有余光中这样具有真性情的诗人教授,才敢如此评价前辈作家。

余光中先生曾告白:"我俯仰一生,竟然以诗为文,以文为论,以论佐译,简直有点'文体乱伦'。不过,仓颉也好,刘勰也好,大概都不会怪罪我吧。写来写去,文体纵有变化,有一样东西是不变的,那便是我对中文的赤忱热爱。如果中华文化是一个大圆,宏美的中文正是其半径,但愿我能将它伸展得更长。"

这是先生的真心话。

洛夫的诗宇宙

  台湾著名现代诗人、汉语诗坛泰斗洛夫先生，2018年3月19日逝世于台北，享年91岁。

  洛夫1928年生于湖南衡阳乡村，在衡阳念完高中，1949年7月报名参军远赴台湾；此后，在台湾服役于军队，1973年退役，开始在东吴大学外文系任教；1996年，旅居加拿大温哥华。1954年，他与同为军旅诗人的张默、痖弦共同创办《创世纪》诗刊，并任总编辑20多年。在大陆现代诗缺失的年代，《创世纪》可以说是中国现代诗歌的标志性刊物之一，对台湾现代诗有过重要影响。

  洛夫写诗60余年，著述甚丰，出版有诗集《石室之死亡》《魔歌》《漂木》等30多部，散文评论集10多部。洛夫早期诗作有超现实主义意味，风格奇诡，后期诗作或直面现实，或注重形而上思考，多受古典意蕴滋养，虽语体风格多样，但都带有明显的"洛夫印记"。洛夫诗路一直在求变，但不同写作时期都有重要作品诞生，这在老一代诗人中，实不多见。他有自觉的语言意识，坚持有难度的写作，即使耄耋之年也常以一个诗歌探险者的身份出现在读者面前。2017年3月,《北京晨报》为纪念新诗百年,曾让我评选中国百年新诗的十大诗人。按我个人的阅读和写作经验,从时代影响和诗歌技艺两方面考量,洛夫先生是台湾唯一入选的诗人。在我看来,他的"诗魔"称号实至名归。

我们这代诗人,能很早了解台湾诗人,得感谢诗人流沙河。1982年,流沙河在四川的《星星诗刊》开过一个专栏,叫《台湾诗人十二家》,有评析文章,有诗人诗作。这些文章,1983年结集出版,发行量很大。那年头,海峡两岸的文学交流几乎中断,这是一个珍贵的窗口。当时我13岁,上初二,已开始写诗。不用说,台湾诗人的诗让我大开眼界,写诗的胆子也大起来。

不过,流沙河当年更推崇余光中和痖弦的诗。余光中主张新诗回到中国古典传统,这大概与流沙河的观点近似,所以他对洛夫的评价不太高,称洛夫的诗歌"厌世而且阴冷","取乐而已",并说"台湾的评论家有称洛夫为'诗魔'的,颇贴切,但应该带上贬义"。流沙河唯一看重的似乎是诗人"裸袒的勇气"。在介绍台湾诗歌的初期,因诗人的军旅身份,对之带有意识形态的偏见,并不为怪,却失之简单,失之偏颇。洛夫的诗宇宙,显然要比流沙河想象的庞大丰富得多。

洛夫自言他的诗歌创作可分为五个时期。在我看来,重要的有三个时期。

抛开诗人还未形成个人风格的前期不说,第一个重要时期,始于洛夫创办《创世纪》后,这是他的现代诗探索期,一直延续到1970年。此前,洛夫写诗并无使命感,此后他把诗歌视为价值、生命内涵和语言的多重创造。这个时期，他的代表作是长诗《石室之死亡》。这不仅是洛夫诗歌的"第一座重要的里程碑"，在他看来，"也是中国新诗史上一项空前的实验"，因在中国新诗中，第一次有人"以超现实主义手法来捕捉战争与死亡阴影，描述现代人的存在困境"。洛夫对此诗的价值认知清晰，他在自序中说："揽镜自照，我们所见到的不是现代人的影像，而是现代人残酷的命运，写诗即是对付这残酷命运的一种报复手段。"从这一角度看，洛夫对自己的评价是客观的。

第二个时期，洛夫做的工作是"反思传统、融合现代与古典"，这个时期在我看来，持续到他1996年旅居加拿大才结束。或许是与余光中等人的论争使他意识到与读者的距离，他开始检讨，反省自己的探索，诗多了烟火气，题材与语言都变得生活化了，并开始重新评估中国文学的传统。如洛夫自己说的："我是在现代诗探索方面走得最远的一个，但对中国传统的反思也是做得最彻底、最具体的一个。"

这个时期，他公认的代表作是诗集《魔歌》，他的诗意象变得清晰单纯，语言也多了中国味，诗中的歧义和断裂少了。洛夫开始追求古典诗中所蕴藏的老庄与禅宗智慧，以及中国式的生活情趣，开始更多地介入日常生活。虽然一次文艺奖的授奖评语认为他的诗"由繁复趋于简洁，由激动趋于静观，师承古典而落实生活，成熟之艺术已臻虚实相生、动静皆宜之境地"，但20多年后重新审视洛夫的这种转变，只能视之为一种权宜之计。无论这一时期的《李白传奇》《猿之哀歌》《独饮十五行》《巨石之变》,还是后乡愁诗《边界望乡》等,以今天的眼光来看,水准其实很一般,有洛夫的印记,却极难看出洛夫的价值。然而,正是这些诗成为洛夫的代表作,并入选台湾大中学的课本。由此,我们能看出海峡两岸对新诗所持的保守态度。

洛夫真正让人刮目相看的,是他旅居加拿大4年后所写的长诗《漂木》,这是他的第三个时期,他自称为"天涯美学时期"的成果。这一年,他已72岁高龄。经过4年的海外积淀,10个月隐居,他写出了这首3000多行的长诗。洛夫把旅加视为自己生命的"二度流放",所以诗题为《漂木》。诗的开篇就写道:"没有任何时刻比现在更为严肃//落日/在海滩上/未留一句遗言/便与天涯的一株向日葵/双双偕亡/一块木头被潮水冲到岸边之后才发现一只空瓶子在一艘远洋渔船后面张着嘴/唱歌。也许是呕吐……"

如洛夫自己所阐释的,诗的开篇就呈现出一种悲剧意识,这种悲剧经验是个人的,也是民族的,更带着终极关怀的意味。读完全诗,你会理解洛夫的天涯美学,它指的不只是"海外"和"世界"、时间和空间,也是精神和心灵上的天涯。或许是在漂泊中,诗人捕捉到了超越时空的永恒性,所谓"人在天涯,心在六合",诗人再次获得了超越时空的本能和神秘之力,也正是在这一时刻,诗人与宇宙合而为一了,《漂木》诞生了。

这首诗凝聚了洛夫70多年来的生命经验与对形而上的思考。《漂木》既是洛夫对自己漂泊的人生历程的一次诗性表达,也是对所有生命面临的归宿问题所进行的一次逼视,如诗人在诗中所感叹的:"我们唯一的敌人是时间/还来不及做完一场梦/生命的周期又到了/一缕轻烟/升起于虚空之中/又无声无息地/消散于更大的寂灭。"

在诗的第三章,诗人"致母亲""致诗人""致时间""致诸神",无不浸润着诗人对生命、诗性、时间和神性的智性思考。正是这种深沉体悟,使这首长诗成为一部集生命体验之大成的文本,其中有老庄对生死的辩证思考,也暗含宗教情怀。比起《石室之死亡》,这首长诗的语言不那么紧张了,但又体现出一种张力。这首诗几乎激发了诗人在词语方面所具有的所有潜能,多种诗歌技巧像呼吸一样,在诗中收放自如,使全诗既汪洋恣肆,又克制内敛。它有对个人命运的思考,有对生命极限状态的挺进,更有对整个人类命运和文明的反思。正是洛夫心中永不停息的探索意识,使这首长诗展示了诗最为深刻的真理:语言不是将我们与现实隔绝的东西,而是让我们最深刻地超越它的东西。

洛夫在70多岁能写出这样的长诗,可视为生命的一个奇迹。50多年来,对"中国诗歌"的思考一直藏于洛夫心中,他一直期望自己能写出一种"以现代为貌,以中国为神的诗",长诗《漂木》做到了。有人说,诗是诗人用以探索他自身奇迹的语言,《漂木》的写作无疑就是例证。

在洛夫的诗中,长诗《石室之死亡》和《漂木》构成了重要的两极,它们和他的上千首短诗一起,铸造了一个超现实、现实和禅意相结合的诗宇宙。正如诗人所说的:"诗人首先必须把自身割成碎片,而后糅入一切事物之中,使个人的生命与天地的生命融为一体。作为一个诗人,我必须意识到:太阳的温热也就是我血液的温热,冰雪的寒冷也就是我肌肤的寒冷,我随云絮而遨游八荒,海洋因我的激动而咆哮,我一挥手,群山奔走,我一歌唱,一株果树在风中受孕,叶落花坠,我的肢体也随之碎裂成片;我可以看到山鸟通过一幅画而融入自然的本身,我可以听到树中年轮旋转的声音。"

因这诗宇宙与诗人的血肉相连,我们今天才能如此自由、畅快地遨游其间。诗人的灵魂因这些诗歌而永存!

治愈、帮助与安慰

10多天前与家里通电话,父亲告诉我,他和母亲正在追看电视剧《急诊科医生》,拍得非常真实。看到我在朋友圈推荐《急诊科医生》,父亲和我聊了一些他的观剧心得。我母亲是医生,做过多年的内科门诊和住院部主任医师,退休虽近20年了,医院发生的事,还常常会成为家中聊天的话题。父母的评价,也算是专业人士的评价了。

前几天,《急诊科医生》已在东方卫视和北京卫视完美收官。该剧根据罗点点原创剧本《人命关天》改编,郑晓龙、刘雪松执导,娟子编剧,由张嘉译、王珞丹、江珊、柯蓝等众多戏骨领衔主演。果然不负众望,《急诊科医生》播出后收视持续走高,连续16天蝉联卫视黄金档电视剧排行冠军宝座,始终保持全国同时段平均收视率第一,网络点播量已破50亿。在播出期间,该剧以其优质的口碑、出色的表演及观众的话题讨论,在自媒体上掀起了一波讨论医疗与医患关系的舆论小高潮,热度不凡。

因母亲是医生,我从小便在医院出入,对医院的生态和故事都比较熟悉。在我看来,《急诊科医生》对医疗和医患关系、医疗和生命关系的呈现和思考所具有的广度和深度,是此前国产影视剧不曾有过的。病家求医,寄以生死,急诊室从来就是各种观念冲突及生死较量的前沿。从剧集开始的精神病患杀人,到民工治病"以命换命"、独居老人赡养、弃婴与未婚先孕,再到心理疾病孩子治疗、超级细菌爆发、僵尸美容、传染病房产子等,很多病例虽非疑难杂症,却折射出复杂而广阔的社会现实和人间百态,它不只是关注中国的医患现实,更指向了国人的生存与社会现实。

一方面是高密度的病例,不断引发新的戏剧冲突;另一方面,《急诊科医生》的主线也与医疗主题有关,晖卫制药公司推出的溶栓剂临床是否达标,女主角江晓琪父母惨死背后的真相,制药公司草菅人命的阴谋,包括与实习医生刘凯有关的非法器官移植集团等,各种与医疗现实相关的复杂线索,都通过多层次的、风格沉稳的影像叙事,抽丝剥茧般呈现在观众面前。全剧不仅格局宏大,而且悬念不断,极具戏剧张力,显示出郑晓龙导演现实主义创作手法的老到与高超。

在《急诊科医生》中展现得最深入的,是两种医学观的冲突。从美国学成归来的急救医学博士江晓琪与经验丰富的本土医生何建一,在面对具体的病患时常会发生争论,如关于民工截肢和"短肠综合征"的争论,其实向观众展示了两种不同的医学观。西医最初在摆脱了巫术和宗教的阴影后,就把疾病的存在与整体的人分开了,疾病只是被视为某个器官的病变,与人的整体精神无关。于是,医生也就成了活动在药物和器械流水线旁的技术工人,与病人缺少精神交流,这在某种程度上也酝酿了现代西医的良心与精神危机。何建一的很多观点,既与中国的医疗现实有关,也秉承了西方医学的这种传统观点。

早在20世纪初,西医就有了器官医学与精神医学的分流,对疾病的认知和治疗模式有了更多的改变。人们发现很多疾病都与心理因素有关,对病因的认知从"生物和生理"模式,转向了"社会和心理"模式,治疗也从对"病"和"病变的器官"的治疗,转向对"人"的整体治疗,更重视对病人心理的干预、对病人精神的关怀。江晓琪在剧中说"世界上最遥远的距离是病人躺在医生面前,医生却只看到病,没看到人",就是对器官医学的一种批判。所以江晓琪会说:"每个病患在我们面前每天只是几十分之一,而我们在每一个病患面前,就是唯一。"

从剧中展示的一个个病例我们可看到,现代医学永远不可能达到百分之百的治愈率,这时患者因为疾病出现恐惧、焦虑、沮丧、绝望的情绪,属于常态,而且患病时间越长,这种恐惧心理也越严重。一旦这些情绪超过了正常人承受的极限,或患者本身就有心理或精神障碍,各种不安全事件就有可能出现。在所有的恐惧中,怀疑、不信任所带来的恐惧,无疑最具杀伤力。剧中的几起医闹事件,都表明了这个事实。所以,随着现代医学的发展,与疾病相关的心理因素,越来越受到医生的重视,对心理病因的重视度,也远远超过了对生理病因的重视度。

现代医学早已证明,彼此信任的医患关系,是获得有效诊疗的重要前提,因为只有这样才能形成治疗联盟,提高治愈率。然而，中国的医疗模式在提高医患信任方面，却进展极小。其中一个原因，就是大多数医生仍把疾病视为器官的生理病变，不重视或没时间重视与病人的精神沟通。当医生不重视与病人进行精神交流时，就有可能爆发医疗危机。这也是《急诊科医生》着力传达的人文关怀所在。

在医患关系紧张的今天，如何真实描绘出医生和患者的双重困境，并不容易。我们看到，《急诊科医生》对此并没有采取回避的态度。它没有刻意放大医患的矛盾，同时努力地向观众传达来自医生的仁心与善意。

剧中的医生也都是并不完美的普通人，有各自的隐痛。何建一因同事死亡而内心自责，甚至患上了手抖的毛病；极端敬业的江晓琪，一直深陷儿时父母意外去世的心理阴影；心思缜密的刘慧敏，也因私生女而有着解不开的隐痛；医生海洋因论文抄袭始终背负着道德压力。这些医护人员的内心困境与矛盾，一方面使人物本身在剧中的成长有了空间；另一方面也让观众意识到医生并非冷若冰霜的神，而是有着各自病痛与煎熬的普通人。

近年来，医患关系一直在舆论的风口浪尖，很大一部分原因，来自患者对医生的不理解。为何随着医疗技术的发达，医患关系却变得越来越脆弱，甚至让人感到危险？中国医院协会的调查显示，中国每所医院平均每年发生的暴力伤医事件高达27起，能查找到的最近的官方数据是，在中国，2010年针对医生或医院的抗议或袭击活动高达1.7万起。这种井喷般爆发的医患冲突，已使医生陷入了行业困境。

理论上讲,医生是患者的利益代理人。患者之所以把生命健康信任地托付给医生,是相信医生会把患者利益放在首位。但某种程度上,现行的医疗体制却在摧毁这种医患间的信任,使医患之间竟然从利益代理关系,演变得有些水火不容了。这给社会上的每个人都增添了一分不安全感。《急诊科医生》显然是期望观众对医生这个职业有更多的理解,但它并没有刻意拔高医生的形象,而是把它期待的医生和患者的对话与沟通,巧妙地浓缩在极具戏剧张力的故事中,让观众自己去领悟。

在任何时代,医生都不可能做到无所不知、无所不治,现代医学尤其要求病人与医生共同决定,一起选择治疗方案,强调病人对疾病治疗的主动参与,这就更需要平等、信任的医患关系。这一切都需要全社会对当下的医疗体制进行反思,对医疗所引发的问题进行治理,如此才能真正改变剑拔弩张的医患关系。现代社会,大众文化正在成为社会观念沟通与谈判的主要场所,电视剧无疑是其中传播力度最强的形式。从此角度看,《急诊科医生》无疑尽到了一部文艺作品应尽的责任。只是希望这类能真正与社会实现沟通与对话的电视剧,未来能多一些。

不断爆发的医患矛盾,就像人的疾病一样,其实给予人类的是一次改过自新的机会。疾病中的疼痛、呻吟或呼救,看似伤害,但也是一种关心,它表达了生命和自然的真实需要。如果我们认真面对这样的疾病或矛盾,就会发现,这种折磨本身其实在激发人的生命潜能和唤醒人对自然的敬畏。从某种程度说,是疾病使人与自然实现了统一,社会矛盾同样如此。只有不断地思考疾病和矛盾，人类才能放弃生命中那些不重要的东西，使生命进入一个更为自由的空间。如果抗拒这种警示，人就可能付出更大的代价。

 已经有越来越多的人知道了特鲁多医生的墓志铭。确实，这句话值得所有的医生和患者铭记：有时能治愈，常常去帮助，总是在安慰。

海洋造就的硬汉

近一段时间,微信里常能看到对电视剧《碧海雄心》的评论。这部在山东卫视播出的电视剧,由陈健和中国香港的导演姜国民联合执导,周新霞担纲后期导演。这是中国第一部海上救援题材的影视作品,对很多观众来说,可以成为一部了解海上救援与灾难生存的教科书。

据该剧总制片人李语介绍,由于海上救助题材在国内属首次拍摄,难度之大超出想象。《碧海雄心》在拍摄中,除动用救援直升机和救助船外,还联合了东海、南海、北海三大海域的部分应急救援队和300米饱和潜水队,真正实现了海陆空三位一体的全景呈现。这部36集的电视剧,总投资1.6亿元,历时6年多,有17场惊心动魄的海陆空救援大戏,用了460分钟特技。

《碧海雄心》并不是简单的特技堆砌的视听大餐,也不是新闻报道式的纪录片,更不是我们常见的行业宣传片,它更像对生命和爱的一次次见证,用一个个惊险刺激而又充满温情的故事,让观众去思考那些与灾难相关的生命与人性问题。近年,中国各类灾难不断,但表现灾难与救援的影视剧少之又少。这部剧似乎想告诉人们,人类面对残酷的灾难时所具有的忧患意识与生命意识,才是人类抗衡灾难最重要的力量。所以《碧海雄心》给予观众的,并不仅是当下救援的勇气与荣誉,更多指向了对生命意识的永恒思考。它在带给观众心灵震撼的同时,也在启发人们对众生一体的思考及对生命力的体悟。

逼真而恢宏的视觉效果,是《碧海雄心》的一个亮点。只有摧枯拉朽的灾难现场感与毁灭感,才能让观众对动人心魄的救援感同身受,这一切离不开技术美学的支撑。据总制片人李语介绍,《碧海雄心》共有460分钟特技,仅A类特技就高达182分钟,相当于15部电影的特技总量。复杂而神秘的大海,一直是影视作品最难展示的部分,而要表现极端境况下的大海影像就更困难,这也是中国一直缺少海难电影的原因之一。《碧海雄心》运用了大量带有创新性的特技,打开了束缚创作者艺术想象力的镣铐。

剧中有多场大戏展示了这些特技的魅力,在台风肆虐下拯救遇险船只、在深海中寻找飞机黑匣子、深水营救被劫船主、救援火光四起的万吨油轮、舍生忘死地撞船保桥等,每一个故事之所以让人感到险象环生,显然与剧中逼真的灾难场景具有视觉冲击力有关。这些特技在展示海洋的独特时空魅力的同时,也为《碧海雄心》注入了灾难片所特有的审美特质。那些高度逼真的惊涛骇浪,展示出大海神秘莫测的一面,也展示出人置身大海时的孤独无援与恐惧感。正是因为有这种逼真的特技效果,海上救援队的那些传奇经历,才能被淋漓尽致地呈现。

据制片人介绍,为了近景拍摄救援场面,剧组需要有一个足够大的、可以造浪的水池,如果自建,不仅费时,成本也居高不下。最终,剧组联系到国家相关部门一个投资亿元的超大实验水池,解决了海中救援场面的近景拍摄问题,使得整部电视剧的视觉效果更逼真,几乎包含了以往海难片运用过的各种元素。那些惊险的救援场景,看上去只是在完成一次次任务,但何尝不是人类对自然和自我的一次次挑战?这些挑战在浩瀚的大海上留下了一个个看似不可能的生命奇迹。可以说,《碧海雄心》是中国电视剧第一次使海洋空间成为展示生命救援的壮美舞台。

与很多灾难片不同的是,对数字技术的依赖,并没有损害《碧海雄心》的艺术性。这部电视剧没有过度渲染这些特技,所有视觉特效的制作,都是为了使剧情更引人入胜,特技并未影响剧中主要人物的塑造和情感表达。据李语介绍,剧中的救捞队员都是以真实人物为原型的,17场救援戏也都是依据真实案例改编而来,在拍海上救援打捞的戏份时,不仅救援船、直升机、潜水员们出场,高难度动作戏都由真正的救捞人员完成。大量的素材积累,使得剧中主要人物的塑造具有真实感和可信度,没有其他此类救援电影存在的脸谱化问题。

救援直升机机长高亮性格沉稳,是救援队的主心骨,却不善言语,属中年危机患者,夫人无法忍受他工作的高危性质,离他而去。潜水救生员陈一诺原是海军陆战队队员,年轻气盛的他能力超强,却有些自负,常与人发生争执,因好友郑子航为救自己而牺牲,受心理重压影响形成了"冲击极限"强迫型人格,在考核中甚至被教官打了零分。大学生丁超虽在理论上有一套,但缺少实战经验,在潜水时甚至不断出现幻觉,看见大鲨鱼游来,导致行为失控。

这些并不脸谱化的性格设定,使得剧中的人物显得立体而丰满。在救援现场,他们是说一不二、置之死地而后生的英雄,但一旦离开灾难现场,他们就是一个个像我们一样的平凡人,有衣食住行需要操心,有情感冲突需要忍受,有酸甜苦辣需要面对。这些日常生活化的细节,使这些英雄的形象显得鲜活。

"你们愿意把生的希望送给别人,把死的危险留给自己吗?""我愿意!"这简单的三个字的回答,却意味着无论面对多么危险的环境和灾难,这些救援队员都需在第一时间义无反顾地冲向现场。每当台风或气象灾难来袭时,渔船可掉头回岸,但这些救援队员常需要向风暴和灾难的中心挺进。他们在和时间赛跑,他们也在和死神赛跑,这是剧中的情节,但确实是救援队员常需面对的现实场景。

从剧中可看到,由于实行半军事化管理,一年 365 天随时待命,这些队员们在一起的时间,远远超过了他们与家人在一起的时间。在救援中,因团队作业,他们连命都会交给对方。正是这种出生入死的经历,使这些队员像兄弟一般生死相依。剧中的陈一诺在队友郑子航遇难后,一直在照顾着郑子航的遗孀叶萱和孩子,这种感情是完全真实的。如李语所说的,对救援队员来说,"他们所图的并不是丰厚的报酬,而是真的觉得'救人'有瘾。每一次从救援的生死线上下来,这些队员图的不是什么立功受奖,而只是希望同行的兄弟,都能够平平安安回来"。

表现灾难和救援的影视作品,话题离不开灾难、死亡和生命这三个层面,《碧海雄心》之所以有独特的魅力,除了题材有看点外,更重要的是剧中所包含的文化意蕴。习惯了和平生活的人们,对灾难的感受总是淡漠的。这些灾难突然出现在眼前,对生命和灵魂所带来的冲击也是巨大的。国人的灾难意识不如美、日等国,很大一部分原因是文艺作品对灾难题材的表现太少。

《碧海雄心》让我们意识到,灾难意识事实上是一种生命意识和救援意识。平时,它作为人的一种心理潜能存在着,一旦有突发的灾难事件降临,它就会转化为一种精神和身体的激情,来改变人的反应与行动。灾难和救援意识,可以说是人类最为珍贵与无价的财富,它令人类有别于动物,它令人成为人。有了这种意识,人类才能不断地向生存困境挑战,并在与灾难的抗争中生存下来。人类文明的历史,可以说就是一部与灾难抗争的历史。

对救援队员来说,也常存在着这样的道德抉择:是救人还是自己逃生?从剧中可以看到,陈一诺和丁超也会有对死亡的恐惧。但正是这些充满勇气的担当者,这些专业的救援者,成为责任和生命希望的化身。无论他们如何绝望和逃避,他们的使命就是要拯救他人。这种不顾一切的救援,令观众动容,因为我们都明白,生命对于所有人都只有一次。

《碧海雄心》表现的不只是救援队的生存百态,它更多的是想唤醒人们处于酣睡状态下的灾难与危机意识。当你面对剧中那一场场生与死的较量时,你不可能不思考像生命、自我、价值、人与环境等沉重的问题。确实,只有经历过生死考验的人,才能看到灵魂的真实面貌,才能明白生命意识对于人的意义。我相信,每个人在看了《碧海雄心》后,对生命意识都会有自己的体悟。

国内表现海洋的影视作品较少,《碧海雄心》所创造的这种对海洋的审美体验,对大多数人来说是陌生的。大海广袤无垠,却动荡不安;看似波澜不惊,却常常暗潮涌动;它神秘博大,又危险多变。这些救援队员不仅是海洋造就的硬汉,在某种程度上也代表了海洋的精神,他们刚毅无畏,他们敢于抗争,这是来自大海深处的呼唤,只有强者才能在海上生存。海洋在西方文学中,一直是一种原型意象,象征精神世界的无边无际和神秘莫测,象征着再生和永恒。当这些救援队员选择大海作为自己生命的舞台时,大海也给了他们像海洋一般变幻而独特的生命历程,他们在海洋这一特殊的环境中,对生命和灵魂的理解也会变得更深入、更丰盈。

这种选择本身,就注定了将成就一个个让心灵震撼的生命传奇。

另类歌手的文学之旅

很早就听说过吴虹飞这个名字,知道她是一个摇滚乐队的主唱,写诗,写小说,还是一个记者。一个女孩能同时做这么多事,总是让人好奇。2004年夏天,在清华的一个诗歌朗诵会上第一次见到她,她竟是一副大学生模样,很害羞地上台朗诵诗,一点不像玩摇滚的人。想来那天可能是她的导师蓝棣之在场,影响了她的表现。

后来某天,吴虹飞因《南方周末》的一篇访谈,突然成了著名记者。想来那是我第一次细读吴虹飞的文字,当时读过的结论是,写得细腻有分寸,并不值得当事人对一个小女子如此大动肝火。人家不过是在上班嘛。不过由此倒是摸进了她的博客,很喜欢她的那些自我纠结的文字,纠结爱情,纠结自己的内心。今天很难看到有人愿意展示自己的笨拙了,人们常表现的都是自己在生活中的精彩和畅达。吴虹飞没有,她总像在虔诚地学习这个对她来说还很陌生的世界。她没伪装成天衣无缝,这也是她能在别人一掠而过的地方停下来的一个重要原因。

所以我读到她的貌似通俗言情小说的《伊莲》,一点也不吃惊。在她将小说这种文体全部弄懂以前,她是会这样的,她肯定要按小说最原始的样子来写。笨拙才是一个艺术家最为真实,也最为动人的姿态,因为她对世界是惊慌的、不解的,因为她把自己看作一个永远不会成熟的工匠,她手中的艺术品才能真正生动。凡·高像一个农民那样拿起了画笔,吴虹飞也像一个大学生般写下这个"灰姑娘"的故事。有人评论说,怎么跟一个大学生写的一样?是的,一个总在追求流畅的艺术家,肯定不大理解这份笨拙中的奥秘。在别人早已思维涣散、血肉解体时,吴虹飞才刚刚开始她的思考。她越是觉得自己不行时,她的顿悟也会越多,所以她的文字总是在尽头和困顿处保持着一份鲜活。

吴虹飞可能是按她的乐队的故事写的小说,它于 1999 年成立,只不过乐队名字从"幸福大街"变成了"冷兵器",女主唱吴虹飞化身为了伊莲。人们或许能从小说中读出吴虹飞本人的情感体验,有富家子弟程西泠,有贫寒的吉他手小龙。小说虽然虚构了一个与毒枭有关的惊险故事,但这份惊险想来是发生在吴虹飞想象中的。我们从记者叶凌飞身上能看到她的影子,在这部小说里,作者变成了两个人,一个失踪了,一个在寻找。那个记者吴虹飞,在寻找那个歌手吴虹飞。整部小说给读者的感觉,就像一次漫长的中弹的过程,子弹在一点点地穿过肉体,这个过程无限长,长得没有止境,长得失去了痛感,长得充满了喜悦。

吴虹飞似乎在用小说,为她的摇滚乐写一部说明书。理论家称之为互文,但这种音乐与小说的互文,此前中国内地似乎只有刘索拉这么做过。她唱片中的《蝴蝶》《仓央嘉措情歌》《一个婚礼和一个葬礼》《乌兰》这些意象反复在小说中回旋。对听过她的歌的人来说,会有一个感觉,似乎在读一部有音乐伴奏的小说。我非常喜欢她的一首歌《乌兰》,写一个歌姬对国王的无限眷恋和思慕,"无声无息,千年也过去了",我看吴虹飞也一直活在这样的心境中。那种天真烂漫、至死不渝的爱,和吴虹飞对艺术的痴迷纠结在一起,是这个时代异常独特的女性景观。

听吴虹飞很细致地分析过屈原笔下的山鬼,这是今天罕见的一种女性形象。山鬼对爱痴心,歌声委婉,与吴虹飞在歌声中的形象确实非常相似。巧合的是,吴虹飞是侗族人,她从小讲侗语,故乡恰恰是屈原被贬谪的原百越之地。这么想来,把吴虹飞比作今天文学和音乐界的一个"山鬼",形象还是比较贴切的。

前些天看到她,她告诉我,她最近特别喜欢到电影院看烂片,是江湖上名声显赫的"烂片王"。她非常爱笑,也喜欢自嘲,尤其是她发表的那些散漫的意见,更让人恍惚地觉得她是"山鬼"重生。我听说吴虹飞最近又在写一本新书,叫《一个人的摇滚史》,便建议她把博客中那些倾诉爱情的文字也放在书中。那些文字虽是信手拈来的,却有着一种"山鬼"幽怨缠绵的独特气息。一本复调的书,总要比一本中规中矩的书好看些。

我比较赞同谢有顺对吴虹飞的评论:"一个文雅而尖锐的心灵,一段细致而抒情的人生,一个精神恍惚的人活在一群精神恍惚的人之中,正如一场爱情被置放于无数种欲望里面。"吴虹飞的写作,在他们这代人中是极具代表性的,他们活得越来越自我,却也越来越恍惚。他们像痴人说梦般,纠结在那些所谓的纯粹爱情中不能自拔。如今想来,那些音乐也好,那些文字也罢,看起来另类,其实很像是"山鬼"在这个时代的重写。

战争与喜剧

在近年的战争剧中,《二炮手》显得与众不同。《士兵突击》后,能看出康洪雷一直想对战争剧有所突破,用他的话说就是"不想重复自己",所以有了《我的团长我的团》,几年后又有了这部亦喜亦悲、亦庄亦谐的《二炮手》。

康洪雷似乎怀有对创新的偏执,他想创造出一个完全不同的人物。人们看到孙红雷满脸锅灰、满口土话、衣衫褴褛地登场时,就一下颠覆了对孙红雷的印象。这个亦正亦邪、散漫随性的山贼贼九,随着故事的演进,慢慢成长为一个冷静成熟的狙击手。

人们对悲剧型的战争剧较易接受,因战争本身就充斥着死亡、哀伤、恐惧和愤怒,战争带来的也注定是创伤。相对来说,用喜剧元素来结构战争剧,难度就要大得多。道理很简单,战争总是有大量的眼泪和悲伤的细节,把喜剧元素与总体的悲剧意境统合起来,往往需要更高的技巧。所以近百年来给人们留下印象的战争喜剧电影极少,《虎口脱险》《大独裁者》算是最成功的,而后一部完全是靠视角取胜的。《好兵帅克》的小说虽好,但电影的喜剧效果就要差得多。意大利的《美丽人生》可算作战争喜剧，但战争只是背景，它更多表现的是集中营生活。即使像《二炮手》的贼九那样，为了能活下去，"犯二"成了他的某种生存策略，由于他处在战争中，即便他的行为完成了喜剧角色所承担的任务，有时反而可能凸显出悲剧的效果。

如何用喜剧元素来结构一部战争剧，便成了康洪雷面临的难题。喜剧是笑的艺术，但笑的层次有很多不同，滑稽、诙谐、讽刺、荒诞、幽默，都会引来笑声。莫里哀、塞万提斯、卓别林等喜剧大家，都有让人大笑的作品，笑的情形虽不相同，但一个共同点是，我们在笑中都流下了泪水。所以说，没有悲剧意识的喜剧，也极难真正打动人。从这个角度讲，战争是适合用喜剧表现的。只有当《二炮手》找到了战争的那些荒谬与丑恶处，并将之夸大，才可能让观众有发自内心的笑声。如《虎口脱险》就夸大了德军的愚蠢，无论是演员的表演分寸，还是导演对喜剧技术的运用，这部电影都达到了炉火纯青的地步。《二炮手》却不同，它是以正剧方式来表现日军的，在这种情境下要制造全剧的喜剧效果就更难。

影响人的笑神经，要比让人感动和流泪难。观众观看喜剧发出的笑，与生活中的笑还不一样，只有体会到一种超越现实的精神力量，蕴含着快感与泪感、批判与宽容等两种不同的情感指向，观众才会感到真正的快乐与满足。康洪雷显然也意识到这一点，所以《二炮手》的故事中有大量的故事情节充满了喜剧元素，如给团长量鞋、吃神枪手鸡蛋、连长抢兵等。但一部36集的电视剧,要集合如此多的喜剧元素,显然是一个不可能完成的任务。即便只把滑稽作为主要喜剧形态,也就是说让演员放大与夸张外表、动作与言语的不协调,作为喜剧元素,对并非喜剧演员的孙红雷来说,要求也太高。

《二炮手》这类有喜剧色彩的战争剧,更重要的是如何使用讽刺、荒诞、幽默等笑元素,这就需要有对战争的批判意识了,它只有将战争中那些荒诞而违背常理处揭开来给观众看,才能让喜剧获得一个饱满的结构。也就是说,表现战争的残酷,并不一定需要残酷的画面,对战争的侵略方有足够的讽刺力度,或用黑色幽默来刻画出战争的荒唐,用荒诞的故事揭示出参战者的挣扎,让观众看到战争的虚空与残酷,唤醒人们对生命与和平的记忆,也是一种极有价值的探索。

没有对战争的理性、深刻的思考,就难以架构出真正否定与反对战争的故事与细节,要达到讽刺与荒诞等喜剧效果,也就难度极大。它需要创作者有一种激愤却又达观的心态,无激愤不能发现战争的丑恶,不达观就可能失去幽默。所以,要创作好的战争喜剧,不仅要有对语言和表演的熟练把握,还需有对战争与人性的深刻认知。另一个大前提就是创作情感的真实,不能为搞笑而搞笑,需要有如簧巧舌,更需有对战争荒谬性的认知,有揭示这种荒谬性的勇气,才能创作出像样的喜剧作品。

康洪雷的团队对此是有认知的,孙红雷、海清这类实力派演员也都放下了身架,为制造笑点,不惜表现猥琐或贫嘴卖萌。过去,人们把战争视作英雄主义的学校,但它其实更像一座让你回复原始本能的学校。在这种处境中,他们的逗乐与贫嘴,可视作对这个荒诞的生存背景的一种本能反抗。

要在战争剧中创新,确实难度极大,《二炮手》尽可能地控制住了分寸。虽然这是一部处在探索路上的战争喜剧,但至少表现了一群真实、可爱的小人物,他们的爱情友情,他们的悲欢离合,只有当他们一个个牺牲时,你才会感觉到战争的残酷。如马大嘴也极富喜剧因素,胆小话大,但最终正是这样一个人,为贼九而死。这些人的牺牲让整部剧最终展示的仍是一个悲壮而残酷的战争格局。此前看似滑稽的人物,最终仍受到战争的伤害,喜剧人物的悲剧命运让人更感到凄凉。那些曾经有趣的喜剧瞬间,也因此蕴含了最深刻的悲剧感。

从《二炮手》我们能发现,要真正拍好一部喜剧作品,仅有构想是不够的,虽然它需要编剧创造出一个合适的喜剧情境,然后通过角色设置、暗喻双关、效果逆转等喜剧手法创造喜剧效果,但它同时需要演员有极强的喜剧表演功底,还要有一个强大的创作团队,根据演员的特征进行创作,才可能创作出融滑稽、讽刺、幽默于一体的喜剧作品。好的喜剧作品,要让人笑,还得笑中有叹、笑中有悲、笑中有美。这个难度,显然要远远大过正剧或悲剧。它必须清醒地发现战争境遇中的窘迫和荒唐处,才能发掘出那种悲喜交加的力量。

喜剧从来不是粗俗的代名词,而是表演艺术与文明的最高境界。没有真正的平民意识,没有自由宽容的精神,没有对爱和公正的向往,绝难创作出优秀的喜剧。好的喜剧给观众带来的,是自由而有爱意的笑，而不是轻浮与混沌的笑，可唤醒人们主动去面对自身和世界的缺陷。好的喜剧往往会比刻板的说教对人更有规劝的力量，因为任何人都不愿成为大家笑话的对象。当邪恶、残酷、庸俗成为大众的笑柄时，人们正在走向健康。

在现代社会，喜剧显然是传播力度最强的大众文化样式。写实需要实力，喜剧更见功底。能让人笑的，除了喜剧的笑，还包含对这个世界非理性的批判，所以更需要蕴藏着深刻的理性意识。所谓电光石火，所谓悲欢离合，导演和演员们只有真实地深入生活，才能找到喜剧通向大众的坦途。

第二辑 传统的镜像

养心之难在慎独

曾国藩作为晚清官员,能赢得同代及后代尊重,主因是他在"立德、立功、立言"三方面均有所建树。"三不朽"是儒家士子的人生理想,但能实现者少之又少。他为湘军之父,中兴王朝,也顺应潮流,举办洋务,此为立功;他被视为最后的理学家,一生奉行程朱理学,同时兼收并蓄、博采群学,古文写作私淑姚鼐,创湘乡派,义理辞章均有所得,此为立言;他身居高位,仍主张慎独、主敬、求仁、习劳,以自己的人格形象广募贤才,历尽宦海风波却宠辱不惊,持家教子细致入微,此为立德。立言、立德胜过曾国藩的有很多,但时代往往夺去了他们立功的机遇,这是中国历史的吊诡之处。

"三不朽"与"内圣外王"一样,都是儒家对理想人格的建构。它关注个人人格的完成,这种完成既要身心灵魂的修炼,也需通过参与社会和政治,如此才能实现一个完整的自我。在儒家文化衰落的年代,曾国藩这一形象的出现,有点像回光返照。他费尽心力得来的同治中兴,也只是昙花一现,以败局收场。同治中兴未取得日本明治维新那样的成功,究其主因,还是其改革得不彻底。这场"中兴",不仅没有让中国走出权力垄断、官商勾结、贪污腐败的历史怪圈,也未能使民间资本成为国家经济的主体。由于改革动力来自一些实力派官员,他们只关注"治道",从未反思过"政道"的合法性,于是极力排斥西方的先进政治制度,最终使这场改革未能像明治维新那样,发展成一场改变政治格局的革命。让人失望的是,同治中兴之后,反而世风日下,官场内外腐败愈演愈烈。从这个角度看,曾国藩的命运仍是一个悲剧,制度的腐朽终究制约了个人理想的实现,他的各种主张并未带来政治与世道的清明。

曾国藩先天资质平平,最初考取秀才这一功名,应考七次,历时九载,饱尝科场艰辛。他年轻时曾性情浮躁、圆滑精明,毛病多多。值得我们关注的是,这样的人是如何修炼成一个"完人"的?曾国藩在修身方面下了大功夫,他最常提到的是"慎独"二字。他在逝前一年留下的遗嘱"日课四条"中,头条即为"慎独",认为"自修之道,莫难于养心;养心之难,又在慎独。能慎独,则内省不疚,可以对天地质鬼神",认为此为"人生第一自强之道,第一寻乐之方,守身之先务也"。曾国藩还写过《君子慎独论》,认为"慎独"可将欲念遏制在隐微处,一刻不间断地遵循自然之理,因时时内省而无愧于心,故可心胸安泰。

"慎独"二字看似简单,争议却多,除孔孟之外,历代大儒多有涉猎。较极端的,如明末的刘宗周,把慎独看作儒学之宗,称"慎独之外别无功夫"。梁漱溟也有过类似的话,说"儒家之学只是一个慎独"。可见儒家对"慎独"的看重。今人多把"慎独"

理解为个人独处或无人看见时也需行为谨慎,用的是郑玄的说法。这样解释不是不可,但肯定有所欠缺。《大学》《中庸》均言及"慎独"。《大学》中说:"所谓诚其意,毋自欺也。如恶恶臭,如好好色,此之谓自谦,故君子必慎其独也。"前几句意思是:所谓使意念真实,就是不自欺。好像厌恶臭味,喜好美色一样,这叫自我满意。下句如按"独处需谨慎"来理解,逻辑上很难说通。

"慎独"二字究竟是何意呢?"慎"字,历代训释不同,有释为"重"和"守"的,有释为"思"的。慎从"心"从"真","心"偏重认知,"真"为真实,《尔雅》把"慎"释为"诚",比较符合慎独之"慎"意。独,在古籍中与"特"多为一意,在这里理解为人所独有的个性或内心世界,可能更为合适。如此看来,"慎独"在今天更准确的含义应为:"真诚地面对自己的内心。"如此一来,《大学》"君子必慎其独"一句,与上文的逻辑关系就顺畅了。

《大学》在论为何要真诚面对自己内心时,总结道:"此谓诚于中,形于外,故君子必慎其独也。"意思是:这就叫心中的真实,一定会显于外表,所以君子必定真诚地面对自己的内心。《中庸》第一章提到了"慎独",也是这个意思:"道也者不可须臾离也,可离非道也。是故君子戒慎乎其所不睹,恐惧乎其所不闻。莫见乎隐,莫显乎微,故君子慎其独也。"道是时刻不能离开的,能离开的就不是道了。所以君子在别人看不见的地方也警惕真诚,在别人听不到的地方也怀有敬畏。隐蔽的没有不表现出来的,细微的没有不显示出来的,所以君子会真诚地面对自己的内心。这样理解，便与前文的"率性之谓道"及后文的"自诚明，谓之性"连贯起来了。原来儒家的"慎独"也好，"诚明"也好，强调的都是要真实地面对自己的内心，由内在诚性而发的道，才是"不可须臾离也"的"道"。

这大概也是曾国藩屡屡论及"慎独"的本意，他希望学者或官员能时刻"真诚地面对自己的内心"，积诚为慎，才可内省而无愧于心。100多年后，或许是时代让曾国藩再度走红，但在人们关注曾国藩时，期望能少关注一些所谓的权谋与治术，多学学他经世致用背后的精神关怀。"慎独"功夫只有两个字，但"真诚地面对自己的内心"，是一切学问和为政之道的开始。

注：载《深圳特区报》2013年4月16日。

公文的"诚意溢出"

中国是一个非常重视公文的国度。我们留存下来的第一部历史文献《尚书》,就是一部公文汇编,名列"四书""五经"的"五经"之首。《尚书》最早叫《书》,"书"原是记录之意,也就是档案一类的文献,而"尚书"就是"上古之书"的意思。传说《书》最早由孔子编订,并删为百篇,但没史料表明孔子教学生所用的《书》就是今天的《尚书》。秦始皇焚书坑儒,使得儒家所传"五经"中《尚书》残缺得最厉害。一般认为,《尚书》是在汉代成书的。一般把济南伏生传下的《尚书》29篇称为《今文尚书》,因是用当时的隶书抄录并流传开的。到西汉中期,传说从孔子旧居墙壁中,发现了用先秦文体写的《书》,孔子的后人孔安国整理后,发现比通行的《尚书》多出《逸书》等16篇,这就是《古文尚书》。汉成帝时,刘歆一直想把《古文尚书》作为当时的博士教材,由此引发了学术史上漫长的今古文之争。今古文派的学风,差别主要在于对待《尚书》的态度不同。今文派主张通经致用,他们更重视"经"的微言大义,即背后的哲学思想。而古文派更看重文献的历史部分,关注的是训诂、名物、典礼之类的史实,对背后的哲学思想反而并不在意。

虽有今古文之争,《尚书》是历代读书人的必修课却是一个事实。用今天的眼光看,《尚书》中大多是当时官府处理国事的公务文书,文体主要有六类:典、谟、训、诰、誓、命。书中大部分是号令,即向民众宣布的话,小部分是君臣相告的话。号令一般称为"誓""诰"或"命",平日的号令为"诰",与军事相关的叫"誓",君对臣的话多叫"命"。而"典"则是对帝王言行的记载,"训"是臣开导君王五帝之书的话,"谟"则是记录君臣之谋略的。

《尚书》虽然"佶屈聱牙",用的多是古文字,但它的简练和大气对后代的公文影响很大。所以历朝历代都有对公文文风的改革,如唐高祖李渊在立国之初就发布了改革文风的《诫表疏不实诏》,指责当时"不肯直陈"的拙劣文风,而中唐韩愈等发起的"古文运动",更把文风改革推向了高潮。可以说唐代强盛,与这种词强理直、质朴务实的文风是分不开的。明代朱元璋,因官员的建言空泛,还刑责过官员。他在谈到诸葛亮《出师表》时,对公文说了四字要求,叫"诚意溢出",认为公文如果没有诚意,只是"繁文浮词",会"徒乱听耳"。

可以说,中国自古就明白,公文的一个重要功能,就是要形成与民众常识性的沟通。很多官员可能没意识到,他们的公文或讲话,不仅是一种政治文本,也是当地最为重要的公共话语。小至乡镇,大到国家,所有政治权力的建构与执政行为的实施,首先依赖的是执政者公开的陈述。权力话语空洞、贫乏、模糊不清,甚至不动脑子地抄袭,不仅表明官员对一方的施政理念缺乏见解和设想,说明他们缺失政治想象力和政治使命感,更会导致基层公务员和民众产生认知偏差或理解混乱。权力话语的空泛，不仅折射出权力的傲慢，也给那些伪善者提供了腐败的精神土壤。在一种装腔作势、词不达意的话语体系中，人们是无法真实辨认那些权力拥有者的知识和人格的，于是伪善者在这种话语体系中往往如鱼得水，更易形成自己的权威，讲实话讲真话的人反而会惨遭淘汰。

要把历史当作我们的先生。从一个地方公文的文风，就能看出一个地方的政治风气和对政治的远见。公文或报告可以说是一个地方最重要的公共话语，如果它们不能肩负起对政府行为和社会活动的指导，又怎能期望换来民众和社会对相关执政理念的认同？如果一个地方的公文总是无法满足民众的心理预期，总是带来认知的模糊与混乱，那么不仅会让民众产生对未来的不安全感，整个社会也会失去方向感。时间久了，自然会招致各种社会阵痛。

公文说到底，是各级政府用来寻求社会认同的一种艺术。这种艺术只要我们读读《尚书》，就能明显感觉得到。这种艺术不仅要有对当下的理解和对未来的洞察，还需要有对公正、常识和良知的尊重，更需要有面对民众时清晰流畅的表达。对于这个常识，我想每一个读过《尚书》的人都会有强烈的感受。我们的现代公文在开启民智和谋求共识方面，总不能比不过一部上古时代的文献吧？

注：载《深圳特区报》2013年2月26日。

别把罪责都推给传统

19岁的少女郭玲玲，在河南某戒网瘾学校，因上厕所未向教官报告，被体罚致死。此新闻一出，舆论哗然。伤人者理应受到法律严惩，但屡屡出现这类因网瘾被体罚致死的事件，教育管理部门难脱监管失职之责。

网瘾说到底不过是对网络的一种心理依赖，不是疾病，更非犯罪。这类戒网瘾学校为谋取利益，却以监狱甚至集中营的方式来惩罚这些未成年的孩子，显然是对儿童权利的最大伤害。这些孩子因无法在成人社会中表达，他们的权益总是在出现诸如死亡问题后才被最后想到，这不能不说是所有成人的悲哀。在现代国家观念中，保护儿童权利是国家的责任和义务，任何人包括父母伤害到孩子的权益，政府也有责任为孩子提供保护。这个观念虽在法律中早已存在，但在现实中从未得到落实。

这类戒网瘾学校其实与教育无关，背后也没有什么高深的道理，无非是使用强力控制，使孩子因心生恐惧而不得不服从。这种现代控制术，首先会从控制人的身体开始，使用军事类管制措施，在一个封闭的空间中，通过统一行动、严格的时间表或对身体姿态的强制规定，来实现对人的控制，训练身体与行为的统一。

这种控制术认为,只有让人的身体成为一个审判的小法庭,思想才更易被规训。所以在这里,每个个体都没有质疑与反对的权利,只有服从的义务。他们会制定各种标准与规则,通过时时刻刻的监控、评判与裁决来发现违规者,并对不符合规训的人进行严酷的惩罚,最终的目的,不过是想在孩子内心确定一种严格、刻板的对权力完全服从的意识。孩子即便真能接受这种训诫,这种训诫也会对孩子的心理与个性造成极大伤害,出来后,孩子或变本加厉沉沦于犯罪之渊,或变成谨小慎微的服从者,自卑胆怯,难有人格尊严或独立精神可言。这样的孩子即使戒掉了网瘾,也可能成了废人。

如今有个最大的误解,一说起体罚孩子,就说来自儒家思想,似乎在中国传统文化中,打孩子是天经地义的。中国民间过去确有"棍棒底下出孝子""不打不成器""不打不成才"之类的说法,但这些与儒家文化并无关联。在古代,各国都有把体罚视为教育手段的传统,如古埃及人认为"儿童的耳朵长在脊背上,只有打他,他才能听见";古希伯来的《箴言》中,也有各类体罚孩子的说法,如"只有管教之杖,可驱除孩童的愚昧""皮鞭驯马,棍棒教儿""棍棒和斥责可带来智慧"等;古斯巴达人更是把棍棒与鞭笞视为培养男孩和勇士的常用工具。可见,把体罚视为教育,并非中国传统文化所独有。

儒家经典中,几乎找不到肯定体罚教育的记录。如今认为中国有体罚传统的文章,能追溯到的资料,不过有两句话:《尚书·舜典》里有一句"朴作教刑",郑玄对"朴"的注释是"榎楚",榎是楸树,楚为荆条,是古代制作教鞭的材料。《舜典》所言,不过是说把"榎楚"用作刑杖的工具,处置犯罪之人,但后人皆把"教刑"释为教育之刑,实为误读。另一句,出自《礼记·学记》,所谓"榎楚二物,收其威也",也不过是说用教鞭显示教育之权威,有示威之意。除此两句,"四书""五经"中,再也找不到肯定体罚学生的说法了。

对中国古代教育影响最大的,当属《论语》和孔子。《论语》中也找不到一句要体罚学生的话或事例。"仁爱"是儒家教育的哲学基础,仁爱的起点就是反对一切暴力。孔子不仅反对一般暴力,就连司法这样的合法暴力,孔子也是不提倡的。所以他说:"道之以政,齐之以刑,民免而无耻。道之以德,齐之以礼,有耻且格。"孔子非常清楚,如果对成人不注意暴力实施的边界,就可能将暴力心理传导给他人,更别说对孩子了。孟子更是一个坚定的反暴力主义者,所以他说"以力服人者,非心服也,力不赡也;以德服人者,中心悦而诚服也",以暴力并不能使人心服,只有以德服人才是真正的服从。《史记》中孔子还说"君子讳伤其类也,夫鸟兽之于不义也尚知辟之,而况乎丘哉","讳伤其类"就是反对一切暴力。

孔子连强灌硬填的教学都反对,更别说通过体罚来教育孩子了。他说"不愤不启。不悱不发。举一隅不以三隅反,则不复也",意思是:不是自己发愤地想弄明白,"我"不启示他;不是心里明白却不知如何表达,"我"不开导他;如果不能举一反三,"我"就不会再教他。他践行"有教无类",他提倡"己欲立而立人,己欲达而达人",他坚持"诲人不倦"的言传身教,他主张"知之者不如好之者,好之者不如乐之者"的以学为乐。这些都说明孔子是反对体罚的。子贡评价孔子时说"学不厌,智也;教不倦,仁也。仁且智,夫子既圣矣",孔子之所以被称为至圣先师,正因为他的教育精神充满仁爱,师生关系也真诚融洽。

王阳明也是反对体罚的,这从他对当年教育的评价可看出来:"近世之训蒙稚者,日惟督以句读课仿,责其检束,而不知导之以礼,求其聪明,而不知养之以善,鞭挞绳缚,若待拘囚。彼视学舍如囹狱而不肯入,视师长如寇仇而不欲见。"可见,由于宋儒极重师道尊严,宋明之后,体罚学生可能才成为私塾的常态。当年私塾老师喜用戒尺体罚孩子,戒为"警戒"意,尺是"尺度、标准"。所以到周作人那个时代,还有这样的儿歌:"《大学》《大学》,屁股打得烂落;《中庸》《中庸》,屁股打得好种葱。"说的就是民国私塾体罚学生的情形。有学者将当年对学生的体罚分为10类,如罚站、面壁、罚跪、打手心、捏耳朵、禁午饭、留夜学、罚抄字、罚做值日、罚背红布条等。当年的这些体罚,比起网瘾学校可置人于死地的"摔后倒"来说,仍属小巫见大巫。

打孩子是一种野蛮行为,应成为成人社会的共识。因孩子无法选择自己的家庭,所以当你伤害孩子时,他也无能为力。心理学早已证明,一个孩子若经常挨打,极可能变得性格孤僻,或自卑懦弱,或暗含暴力倾向。对孩子体罚,只会伤害到孩子的心理和自尊。

《说苑》中有个故事,说的就是孔子对曾子的批评。孔子认为曾子之父打曾子,曾子不逃走,属大不孝。在孔子看来,父亲打人,如出手过重一定要逃走,以避开暴怒,否则把自己命丢了,还陷父亲于不义,这是天下最大的不孝。至于学校老师会把孩子打死,这个孔子肯定未曾料到。不要把今人的所有罪责都推给中国的传统文化。

注:载《北京青年报》2014年6月27日,原题《现代控制术与儒家无关》。

爱的匮乏症

如果下个结论,说当下国人缺乏爱的教育,对爱情、亲情、友情的感受与体悟简单粗陋,不善于表达爱,我想反对的人不会多。分析其缘由,就众说纷纭了。原因肯定多样,但将之归结于中国传统文化的影响,显然失之偏颇。

在中国传统社会,对各种情感的伦理认知的主要来源是儒家文化。说儒家文化是一门情感哲学,或爱的哲学,并不为过。它与西方以智性为主导的哲学完全不同,儒家的目标是由智性来完成性情,而不是由性情来完成智性。所以儒家修身是为了修炼出自己的真性情,它反对人的寡情、绝情或无情。

儒家是以血缘和生命为中心,展开对人生的思考的,亲情、友情、爱情自然被看作个人生命与价值的源头。它的一个主要目标,就是协调、管理人的情感,重情尚情在儒家思想中占有重要的地位。《礼记》认为,圣人的职责就是引导人的情感,所以它说:"故人情者,圣王之田也,修礼以耕之,陈义以种之,讲学以耨之,本仁以聚之,播乐以安之。"中国乃农耕古国,《礼记》索性拿种田做比方,这样更易理解。它把人情视作圣王耕种的田地,礼是耕耘,义是种子,讲学是锄草,仁是储藏的仓库,乐使人心安定。由此可看出,儒家所言的"仁、义、礼、乐、学"这些理念,都是为了管理好人的情感。

"仁"是儒家的核心理念,《论语》中"樊迟问仁",孔子的回答是"爱人",《中庸》说"仁者人也,亲亲为大",《说文解字》对"仁"的解释是"亲也,从人从二"。可见,在关于"仁"的诸种理念中,爱自己的亲人是首要的,也是修身之始。孟子说"不得乎亲,不可以为人",意为不知道爱亲人者,也失去了为人的资格,所以《礼记》认为"立爱自亲始"。从孔子开始就把爱与情感视为人性和人生的本源和基础,更将人的情感明确分为父子、兄弟、夫妇、君臣、朋友这五伦关系,以此来构建各种社会情感。

"仁爱"是儒家思想的根基,对它的研究与论述也非常复杂,构成了一个庞大的体系。儒家对爱的名目分得很细,如父对子之爱为"慈",子对父之爱为"孝"。"父慈子孝"是"亲亲"的基本伦理之一,也被视为一种相互责任。《左传》说:"爱子,教之以义方。""父慈"显然承担教育的义务。子女对父母的亲情"孝",在中国则上升为一个完整的思想体系,构成了中国文化与其他文化的主要差别之一。《礼记》在论及子女对父母之爱时说:"孝子之有深爱者,必有和气。有和气者,必有愉色。有愉色者,必有婉容。"对于现代亲情来说,对父母做到时时有愉色与婉容,也算是很重要的爱的表达吧!

孔子在《论语》中虽多次论及孝,但并无统一定义。过去古人认为孩子生下三年才能离开父母怀抱,所以父母去世,子女要为父母守丧三年。宰我对此有疑问,孔子对宰我虽然不快,但并没强制宰我非得按社会规范做,只是将孝道归结为"心安"二字。在孔子看来,孝道的重心还在个人,表现为人的真情与本性的一种自然流露,这与现代社会对亲情之爱的理解是完全一致的。

对手足伦理和友情,儒家同样看重,"兄友弟恭"说的就是这种情感。《论语》说"孝弟也者,其为仁之本与",在儒家看来,一个人连父母、兄弟都不爱的话,是不可能爱他人或爱社会的,所以"孝弟"会被视为仁爱之本。"弟"的主要原则就是友爱,如孔子说的"兄弟怡怡"。兄弟伦理还可扩展为朋友之情,如子夏所言:"四海之内,皆兄弟也。君子何患无兄弟也?"当然,兄弟与朋友之情还是有细微差别的,朋友相交以义为原则,而兄弟间血缘之恩是关键,所以和睦相处尤为重要。

对于夫妻之爱,儒家说的是"夫义妇顺"。《中庸》说:"君子之道,造端乎夫妇;及其至也,察乎天地。"意思是:君子之道,从夫妻之间开始,到了它的最高境界,就能显明天地间的一切事物了。可见在儒家的家庭伦理中,夫妇伦理也极为重要。儒家是把女性的柔顺作为美德的,但同时认为丈夫也需以义待之。唐朝之后,有一本专供女性读的《女论语》,它对儒家的女性观作了很多细化和阐释,它强调的是一种"相敬如宾、和乐琴瑟"的婚姻生活。它对婚姻的认知是:"前世缘分,今世婚姻。夫刚妻柔,恩爱相因","同甘同苦,同富同贫。死同葬穴,生共衣衾"。这种夫妻的恩爱和情感,并不与现代生活对爱情的认知有多大矛盾。

儒家虽强调"立爱自亲始",但也期望这种爱能推己及人。"自亲始",才是一种健康、正常的爱,这样的爱才有独立性,不会与对他人或国家之爱混为一谈。但儒家同样期望人们能"老吾老,以及人之老;幼吾幼,以及人之幼",将这种仁爱之心推及他人。甚至不仅要推及他人,还要推及天下万物,所以孟子说君子要"亲亲而仁民,仁民而爱物",意为:君子由亲爱亲人,进而仁爱民众,由仁爱民众,进而爱护万物。这里的"物",就是指天生之万物。在孟子看来,"天之生物也,使之一本",天下万物只有一个本源。有了对天地的这种信仰和敬意,自然会爱物惜物。天地万物对人有养育的恩德,人会发自内心地对天地万物怀有感恩之心。

儒家认为,只有平等地看待人与物,两者的关系才能趋于和谐,"和"的前提就是万物要实现共存。因为物与人一样,也是秉承天命而存在的,虽呈现的形态不同,但都拥有各自的尊严,《中庸》说"万物并育而不相害",就是这个意思。人与物的价值平等观,是儒家情感观的一种超越。人与物只有实现了共存而不相害,就是一方的发展不能以损害另一方为代价,才是人类生存的一种理想境界。用今天的眼光看,这种观念也是很现代的。儒家把人格平等观推而广之,扩展到了所有生命乃至一切事物。这种思想为传统中国人的爱物惜物提供了深厚的哲学基础,所以传统中国人对天地自然、万事万物有一种本能的尊重,极少把自然看作可供掠夺的资源。在生活中,恃强凌弱或贵己贱物的人,也被看作缺乏修养的人。

对于爱的原则,儒家同样有规范,那就是"己所不欲,勿施于人"。过去总有人说,儒家之爱不是自由独立之爱,孔子说的这8个字,却被写进了现代社会的《全球伦理宣言》,这份宣言认为:"这应当成为所有生活领域——包括家庭与社群、各种族、各国家、各宗教的千古不易、绝无条件的准则。"在《论语》中,孔子认为如果有一个字可终身行之,那就是"恕"了,他对"恕"的解释便是"己所不欲,勿施于人",孔子称之为"恕道"。

仁是"爱人",但"爱人"如何在行为中来体现呢?"忠恕之道"就是"仁之方也",也就是行仁的方式。"忠"为"中心",即行事时心要居于中正。所以"忠"确立的是一种对人对事的真诚态度,并用此态度去为他人谋事和做事;而"恕"则是以自己之心来推及别人的心,是人处理与他人情感关系的一种基本原则,包含着体谅别人的不周之处。儒家的"忠恕"之道,强调的是对"己"的限制和要求,并不是对他人的要求,期望在处理情感关系时,能有对自己的限制,不能随意把自己的想法强加于人。只有在这种前提下实现的爱与情感沟通,才能真正体现出平等精神。我想,这也是忠恕之道最具现代意义的地方,它应成为我们今天对待亲情、爱情、友情的一个基本态度。

从这些论述我们可以看到,儒家认为,人对自己的关心要超过对别人的关心,人对自己父母的爱也会深于对他人父母之爱。在儒家看来,只有在承认这种真实情感的前提下,才能真正做到由己及亲、由亲及人,进而实现一种由人及于天下万物的普遍仁爱。

注:载"百度百家"2014年2月14日。

儒家如何看自杀

富士康的十数连跳,使社会和媒体都开始关注中国人的自杀问题,成都等地也曝出连续跳楼事件。一个人自杀,并不只是一个人的悲剧,也是他所在的家庭和社会的悲剧。这是一个让人惊恐的数字,在年轻群体中出现如此高密度的自杀现象,表明自杀已成为一个严重的社会问题了。

虽然古代没有统计,但一般认为在传统的儒家社会自杀率是极低的。一个很重要的原因是,儒家是一种以生命为中心的哲学体系。儒家无论是对智慧和人生的思考,还是对家、国、天下的思考,人的生命都是一个重要的起点。《易经》有句话叫"天地之大德曰生",《尚书》说"唯人万物之灵",《礼记》说"人者,天地之心也,五行之端也",列子说"人者,其天地之德,阴阳之交,鬼神之会,五形之秀色也",这些观点都强调人的生命的尊贵。在儒家看来,人与天地万物一样均以生为本,天地人的根本价值也在于生生不息。所以创造生命,成为天地间最高的德行。

有了这种尊重生命的基本意识,孝道、仁义才成为人们理解生命价值的坐标。对一般民众来说,孝道和对家族血缘的传承是一种生命责任。儒家说的安身立命,第一步便是安身,所谓安身就是要保护好自己的身体。所以《孝经》中说"身体发肤,受之父母,不敢毁伤,孝之始也"。在传统中国人看来,身体不仅是个人的,也是父母的,当然不能轻易损害,需时时考虑父母的感受。所以我们看,过去的人再穷,也很少有轻生的,反而会生很多孩子,因为这就是普通人的"立命"所在,"天地之大德曰生"。

当然,对于有更高追求的人来说,还需把生命看作一种生生不息的神圣力量,这种力量就是天命。这种天命观不仅超越人世,甚至超越了天地万物,有着一种终极关怀的意味。人有了这种终极关怀,才能获得一种崇高的使命感,也就是常说的"替天行道"。儒家认为,人生的最高价值就是要不断地展现这种超越生命和天地的神圣力量。儒家创立的仁、义哲学体系,体现的就是知识分子的生命价值,它不仅是天命在人世的见证,更有着一种神圣的终极性。

"仁"之本既然是"生生之理",那么对生命的敬畏和保护自然会被视为人的最高德行。这种生命意识不仅表现为敬祖和孝道,还表现为对自我和他人身体的敬畏和关爱。《礼记》中说:"身者,亲之遗体也。行亲之遗体,敢不敬乎?""君子无不敬也,敬身为大。身也者,亲之枝也,敢不敬与? 不能敬其身,是伤其亲。伤其亲,是伤其本。"儒家不仅把人的身体看作生命的载体,更看作祖先和父母生命在世界上的延续。善待自我和他人的身体被视为人的基本德行,《礼记》说:"父母全而生之,子全而归之,可谓孝矣。不亏其体,不辱其身,可谓全矣。"包括对待逝者的遗体,都需慎之又慎。

儒家也不是一味强调"身体发肤,受之父母",这是对正常生活状况而言。一旦天地间的道义需要一个人付出生命来彰显时,人也应毫不犹豫地放弃生命。孔子说"志士仁人,无求生以害仁,有杀身以成仁",意思是一个志士仁人没有为求生命安全而来妨害仁道的,只有宁愿杀身来完成仁道的。所以儒家在看重生命价值的同时,也主张舍生取义、杀身成仁,关键是要以仁义道德为原则,人生的价值也不在于单纯的贪恋生命。孔子还有句话,叫"朝闻道,夕死可矣",虽是一个比喻,但可以看出他把对仁义和真理的追求看得比生命更重要。孟子也有相同的主张,他那个著名的鱼与熊掌的比喻,说的就是生死问题:"生,亦我所欲也,义,亦我所欲也;二者不可得兼,舍生而取义者也。生亦我所欲,所欲有甚于生者,故不为苟得也;死亦我所恶,所恶有甚于死者,故患有所不辟也。"他还说:"尽其道而死者,正命也。"只有在道义需要你做出牺牲时,你才能以身殉道。

当然儒家反对毫无价值的牺牲,更反对轻生这种生命态度。《论语》中孔子说:"暴虎冯河,死而无悔者,吾不与也。""暴虎"的意思是徒手搏虎,"冯河"是指徒身涉河,在孔子看来,这样死了都不后悔的人,是完全不可取的。孔子提倡的是"临事而惧",甚至认为"知命者不立乎岩墙之下"。

在《论语》中,孔子还专门与弟子争论过自杀问题。子路认为齐桓公杀公子纠,召忽为公子纠自杀了,但管仲没有自杀,反而成了齐桓公的相,管仲这么做应是不仁。子贡当时也这么看。但孔子坚决反对这个说法,认为齐桓公能九次会合诸侯,让天下归一，使民众少受战争涂炭，就是最大的仁。可见孔子并不把忠君看作仁道，而是看所作所为是否对民众有利。

在儒家价值体系下的传统中国，尊重和珍惜生命，不仅是一种人生态度，更被看作一种道德要求，是天地间的最高价值。这种安身立命的价值观，不仅在经典中普遍存在，更是贯串于戏曲等民间艺术中，成为所有中国人安身立命的根基。有了这种对于生命的价值判断，即便一无所有者也会把传宗接代看作自己生命的责任，自然很少有人会去自杀。当下社会爆发这种大量的自杀事件，与民众缺乏这种价值维系有很大关联。一旦一个人判定自己过的是一种没有价值的人生，很容易成为诱发自杀的心理动机。

注：载《河北青年报》2010年6月7日。

当"庸"成为一种恶

汉字在我眼中,像一个个生灵。它均衡的笔画和结构,不仅是一幅小图画,也让写作者感到,每个字都有独立的生命意志。不过从文言文到现代汉语,很多汉字的生命变得单薄了。这是所有写作者的责任。比如"庸"字,现在一般人看到这个字,想到的只是平常、平庸、不高明、无作为一类的意思。《现代汉语词典》在这些意思外,只另列了两种解释,一是"用",如"毋庸讳言";另一是"岂",如"庸可弃乎"。这最后一种解释,因写作者极少用,在现代汉语中快绝迹了。

"庸"字在文言文中,主要是"常"和"用"的意思,是一个有褒义的字。《周易》中说"庸言之信,庸行之谨",这里的"庸言""庸行"是指常言、常行,不易谓之庸,意思是正确的言行。与"庸"字有关的最著名的话,是《论语》中孔子所说:"中庸之为德也,其至矣乎!民鲜久矣。"孔子视中庸为至高的德行,只是民众很久未曾拥有了。朱熹引程子的解释说:"不偏之谓中,不易之谓庸。中者,天下之正道;庸者,天下之定理。""庸"还有"用"的意思,《尚书》说的"登庸",意思是登用、任用的意思。《史记》说到陈涉时,有"若为庸耕","庸"为雇用之意。此外,

"庸"还有一些通假用法。

想起这个字,是因为最近很多地方兴起了一场"治庸"的官场整肃风暴。官场不乏庸官,应当说已成社会共识。何谓庸官?简单说有三种表现:或是思想的平庸僵化,或是行为的庸碌无能,或是人事的庸俗钻营。总结起来无非一点:在其位不谋其政,整日无所事事、得过且过,做事拖沓散漫,对民生疾苦麻木,当官的结果无非是混个脑满肠肥。

20世纪政治学家汉娜·阿伦特就提出一个观点:平庸也是一种恶。她认为,在一些政治体制中某些平常的小官僚,因为没有明确的爱憎和判别正邪的能力,这种公文机器同样可能成为恶的化身。当然,这种平庸的恶不会像一些"极端的恶"那么容易辨识,那些庸官往往既不阴险奸诈,也不凶横无理,可能除了晋升之外也无其他特殊动机,他们甚至不完全明白自己在做什么。他们也不是愚蠢,而是完全没有思想。这种无思想性,这种对正义与邪恶判断的麻木,同样能引发一个时代的灾难和浩劫。就像"文革"中一些运动的追随者那样,仅仅因为自己平庸和无思想,就汇入了一种体制的犯罪洪流中,成为那些"极端的恶"的帮凶而无知无觉。在阿伦特看来,这种平庸的恶,往往会以"换了他人也会这样"为理由,来替自己辩护。虽然体制有它的责任,但是庸官之"庸"也是一种恶,其错误就在于放弃独立思考,心甘情愿地变成官僚层级体制的螺丝钉。

如果说贪官是体制的硬伤,庸官就是体制的内伤。庸官之恶,除个人原因,一般多与权力体制有复杂的关系。他们多是在任命制下诞生的官员,荣辱升降只与官僚层级中的上级有关,长年揣摩上级意图,使得唯上和服从成为他们官场行为的准则。从开始的掩饰个性到渐渐地丧失个性,久而久之,他们也就成为毫无个性的权力化身。说到底这才是庸官的本质。他们靠唯命是从掩盖自己的平庸,他们靠泯灭个性获得上级的赏识,慢慢地这就成了他们得以晋升的仕途秘籍。长此以往,一些本来很有锐气的官员,也逐渐退化为庸官。

阿伦特说过"平庸的恶可以毁掉整个世界",她其实是在强调思考在政治行动与官员作为中的意义。因为这种庸官之恶也会蔓延、传染,会让整个社会和普通人都堕入其中。现代社会普遍存在着这种"平庸的恶",人人服从与默认各种体制隐含的不道德因素,虽然偶有内心不安,但以体制和层级的强力来为自己辩解,从而消除自己的负罪感。阿伦特认为,这种"无思"导致的平庸的恶,会引出潜伏在人类的所有恶的本能,它其实是那些"极端的恶"的基础。如果庸官之恶发展成一种普遍现象,即便是民众也需要具有罕见的勇气和真正的思考,才能不被卷入这种不假思索的恶在社会上弥漫的潮流。所以庸官之恶败坏的不仅是官场风气和权力体制,它其实在整个社会上都会形成一种"示范"作用,使社会风气也变得平庸和恶俗。

要想对庸官有治本之举,必须首先改变对权力的认知,要用一种善治的思维取代统治的思维。善治与统治的主要区别在于,统治的权力主体是政府部门,而善治的权力主体既可以是政府部门,也可以是民间机构和公民。如对庸官的治理,就不能只依赖政府权威自上而下地发号施令来进行单向度的"治庸",而要动员全社会的力量。治理庸官,是一个还政于民的过程。只有实现了权力向社会的回归,只有把"为民做主"思维模式,转变为"以民为主"的权力模式,通过政府与公民之间的积极合作,保障公民的自由与平等的权利,庸官生存的土壤才会变得贫瘠。

从庸治到善治,虽只有一字之差,但还有很漫长的路要走。这一切取决于一个前提,就是要达成一种社会共识,首先要把庸官之"庸"看作一种对社会危害极大的恶。

注:载《北京青年报》2011 年 5 月 28 日。

"民本"思想的原则

一国的民众对政治思想的认知,总与一国的历史经验有关,如与历史经验没有一点呼应,新的政治思想要落地生根,或许需漫长的时间。从这个角度看,"民本"思想仍值得一议。

除了法家,中国古代哲人大多在政治理念上持"民本"思想,即把民众视为政治的主体。"民本"思想能在春秋战国年代变成一种有影响的政治理念,有其历史原因。春秋之时,"弑君三十六,亡国五十二,诸侯奔走,不得保其社稷者不可胜数",无数惨痛的历史教训,让当时的哲人不得不重新思考政治的构成。

中国的治乱兴衰史,就是一部"民本"思想的演变史。要读出中国历史的真实意味,就需了解"民本"的主要原则,这也是考察中国历史的重要思想线索。简单说,"民本"思想有三大原则:

民惟邦本

仅从字面看,"民本"一词意味博大。"本"在古汉语中含义异常丰富,除了大家通常理解的意思外,还有根源、根基、中心、本原、本体、主体等多种含义。理解了"本"后,再来看"民本"二字,便能体会出它的分量。

"民本"二字,最早出自《尚书》的"民惟邦本,本固邦宁",意思是民众是国家的根本,根本坚固了,国家才安宁。儒家政治哲学首先希望确立的,是天、民、国、君这些核心观念的地位和关系。儒家认为,只有理顺了这四者的逻辑关系,并使之得到天下人的认同,国家政治才有一个哲学基础。

"天"在儒家思想中,大致和今天"自然法则"的意思相近。"天"不仅是人类最高的信仰对象,更是所有人必须无条件接受的法则,是人与万物的终极裁判和力量。在儒家看来,合乎自然法则的即为合法的,违背自然法则的就是不合法的。儒家是通过"天"这个中介,来辨析民、国、君这三者的关系。所以《尚书》说"民之所欲,天必从之",这句话强调的就是天虽然是最高法则,但它对民众的意愿是无条件服从的。

《尚书》中的另外一句"天视自我民视,天听自我民听",则从逻辑上把民众看作了神圣的自然法则在人间的代表,这个观点在当时也极超前。它使民众获得了天和神才有的地位,这样的地位自然是君所无法对抗的,甚至是必须服从的。儒家的这个观点深入人心,所以类似表达在儒家思想中也极多。如《左传》中说"夫民,神之主也",《今文尚书》中说"天聪明,自我民聪明。天明畏,自我民明威",意思相近,表达的都是民众在世间的中心和主体地位,它代表的是天意在人间的落实。

那么,天、民与君的关系是怎样的呢?儒家的认知也很清楚。君,就是我们今天说的执政者。《春秋左传》中说"天生民而树之君,以利之也",给了三者非常清晰的定位,我们之所以要有执政者,是为了民众的利益。这里强调的依然是民众在政治中是根基,是本原,是主体。荀子表达得更清楚:"天之生民,非为君也,天之立君,以为民也。"这里阐明的就是民众拥有优先于执政者的地位。民众在政治中的主体地位,在儒家思想中是一个已经解决的问题。

孟子所言"民为贵,社稷次之,君为轻",辨析的也是民众、国家和执政者三者的关系。所谓"贵",表明的是一种关于价值和地位的认知,也就是说,民众的地位要高于国家,国家的地位要高于执政者。儒家一直在政治理念上强化民众在政治关系中的主体地位。在儒家看来,民众既然像神性和自然法则一样有着崇高的属性,其有优先于国家和执政者的主体地位也就不言而喻了。这种哲学观,是原始儒家思想的基本纲领。我们在理解儒家其他政治和社会思想时,只有以这种认知为基础,才可能准确。

四海困穷,天禄永终

儒家并没有权力合法性这个概念,但有相似的理念。《论语》中有一节:"尧曰:'咨!尔舜!天之历数在尔躬,允执其中。四海困穷,天禄永终。'舜亦以命禹。"这段话翻译过来,意思是,尧说:"唉!你舜!天的历数命运在你身上,好好掌握着那中道!四海民生困穷,天禄便永久完结了。"舜也把这番话交代给了禹。

这里的历数,指的是执政者权力相继的次第。"天禄永终",便是执政者权力的合法性永远丧失的意思。从这个说法可看出,儒家认为权力的合法性来自其治下的民众生活的好坏。执政者有道,其权力即具有合法性。执政者无道,这种权力便是不合法的,意味着天禄永终。

尧的这个说法,还只是隐含了对权力合法性的认知。如果要从儒家学说中找出一个词来对应合法性这个概念的话,那大概就是"有道"了。"道"这个字在古代汉语中的意思丰富,在不同的情况下有不同的含义,也给现代人带来了理解上的困难。"道"在古人的意识中,即是天道,也包含人道,因为儒家有天人合一的思想,所以天道在某种程度上与人道是合而为一的。天道,如果用现在的理念来解释,指的是自然法则,而人道则是指尊重人性的一切法则。

《论语》中孔子有几段语录,非常浅白:"天下有道则见,无道则隐。邦有道,贫且贱焉,耻也;邦无道,富且贵焉,耻也。"又如:"邦有道,谷;邦无道,谷,耻也。"这里的"谷",是出仕食禄的意思。从孔子这两段话可以看出,知识分子选择"隐"与"现"、选择出仕与不出仕,首先要对执政者权力的合法性有个判断。如果执政者权力不具有合法性,不合乎自然法则与人性,那么知识分子的出仕和富贵,在孔子看来,就是一种耻辱。

孟子对于执政者的合法性来自民众同样有清晰的表述:"桀纣之失天下也,失其民也;失其民者,失其心也。得天下有道:得其民,斯得天下矣;得其民有道:得其心,斯得民矣;得其心有道:所欲与之聚之,所恶勿施。尔也。"这段话也浅如白话,当然这里的"有道"并不是指合法性,而是指有办法。孟子认为得民心的办法很简单,民众想要得到的,给予他们,并且积聚起来,更多地给予;民众所厌恶的,不要强加给他们。如此而已。这里的"得天下""失天下",其实也是指执政者权力的合法性,孟子认为这一切取决于民众,取决于民心。一旦失去了民心,执政者的权力便也失去了合法性。

若执政者的权力没有合法性,会导致怎样的结果呢?孟子也有论述:"不仁而在高位,是播其恶于众也。上无道揆也,下无法守也,朝不信道,工不信度,君子犯义,小人犯刑,国之所存者幸也。故曰,城郭不完,兵甲不多,非国之灾也;田野不辟,货财不聚,非国之害也。上无礼,下无学,贼民兴,丧无日矣。"

这段话今天听来仍掷地有声,丝毫没有过时:不仁的人处于执政者之位,会使他把邪恶传播给民众。如果执政者不依循真理来行事,下面的执行者便不会用法度来约束自己;朝廷不讲道义,工匠不依尺度,官吏触犯义理,百姓触犯刑法,出现这种状况国家还不崩溃,那真是侥幸的事啊。所以说,城墙不坚固,军队不够多,不是国家的灾难;田野没更多地开辟出来,财富没有积聚,也并不是国家的祸害。在上的执政者不讲礼义,在下的民众不受正当的教育,违法乱纪的人越来越多,离国家灭亡也就没有几天了。

可见,在儒家的政治思想中,执政者权力的合法性是居于首位的,要比发展经济或军备更为重要。而对执政者权力合法性的认定则来自民众,取决于民众的意志。执政者不能靠武力威慑来使民众畏惧,所谓"以力服人者,非心服也",只有获得民众发自内心的支持,执政者的权力才真正具有合法性。这一质朴的政治哲学思想,对于我们思考民主社会仍是珍贵的思想资源。

以道事君,不可则止

孟子最喜爱的弟子叫万章,他一直追随孟子。整理《孟子》一书,据传万章的功劳也最大。孟子和万章有过多次谈话,其中谈到舜的一次,记录得最完整。孟子借分析舜,谈了他的很多政治主张。

万章问,是尧把天下送给舜的吗?孟子明确否定了这种说法,说天子并不能把天下送给人,因为天下并不是天子的。孟子认为,尧不过把舜推荐给天,天接受了;把舜介绍给百姓,百姓也接受了。万章说,天也不说话,怎么知道的呢?孟子回答:"使之主祭,而百神享之,是天受之;使之主事,而事治,百姓安之,是民受之也。天与之,人与之,故曰,天子不能以天下与人。"意思是,让他主持祭祀,百神都来享用祭品,这表明天接受了他;叫他主持政务,政务办得妥帖,百姓对他放心,这表明民众接受了他。天授给他,人授给他,所以说,天子不能把天下送给人。

孟子的这个意思,显然表明执政者之位须得到民众的同意,也就是说在执政者与民众之间有一种契约关系。然而,这终究是一种哲学层面的理解。现实政治中,因执政者无法和民众直接实现沟通,民众就必须有代理者,这个代理者就是"臣",也即做了官吏的民众。执政者与民众的契约关系,在儒家思想中,更多的是通过对君臣关系的论述展开的。

对于臣,孔子在《论语》中有明确定义:"所谓大臣者,以道事君,不可则止。"意思是所谓大臣,应能以道事君,如果不行,就不干了。可见,孔子认为臣首先要服从道——大家共同认可的公共精神,缺乏对这种公共精神的坚守,孔子认为都是滥竽充数的臣。他甚至对子路、冉有为臣的做法都很不屑,认为只会听话,绝不是臣的作为。孔子又说"君使臣以礼,臣事君以忠",强调的仍是君臣之间相互尊重人格、共同服从道义的一种相对关系。在儒家思想中,从没有出现过臣对君必须无条件服从这种绝对的认知。

孟子对此表达得更实在,在论及尧对平民舜的款待时说:"是天子而友匹夫也。用下敬上,谓之贵贵;用上敬下,谓之尊贤。贵贵尊贤,其义一也。"意思是,这是天子同平民交朋友。地位低的尊敬地位高的,这叫尊重高贵;地位高的尊敬地位低的,这叫尊重贤能。尊贵和尊贤,其义理是一样的。有人向孟子请教如何为官,孟子的回答也很清楚:"迎之致敬以有礼;言,将行其言也,则就之。礼貌未衰,言弗行也,则去之。"意思是执政者如能恭敬礼貌地迎接他,并能按他所说的去实行,那就去做官。礼貌没有衰减,却不再按他说的去做了,那就辞去官职。孟子又说"君有过则谏,反复之而不听,则去",这些话强调的都是君臣关系的一种相对性,如果执政者不服从共同的道义,则臣完全有权利不合作与不服从。

孟子对君臣契约关系表达得最明确的是:"君之视臣如手足,则臣视君如腹心;君之视臣如犬马,则臣视君如国人;君之视臣如土芥,则臣视君如寇仇。"这里显然把执政者的作为看作契约关系的前提。孟子其他的说法还有"君有大过则谏,反复之而不听,则易位",这是当着齐宣王的面说的。

当齐宣王问他,臣能不能弑君时,孟子的回答不仅坚定,而且深含哲理:"贼仁者谓之贼,贼义者谓之残;残、贼之人谓之一夫。闻诛一夫纣矣,未闻弑君也。"意思是:败坏仁义道德的人叫贼,败坏信义公道的人叫残;残、贼这样的人,叫独夫。"我"只听说周武王杀了独夫纣,没听说臣弑君啊。所谓"贼仁贼义",就是执政者违背了与民众的契约,民众就可以起来对之行使正当的"革命权",如《周易》中说的,"汤、武革命,顺乎天而应乎人"。在儒家思想中,从来是把推翻暴政看作有道与合法的。君不君,臣则可不臣,民可不民,这就是典型的契约认知。

这种源自民本的革命权和叛乱权,可以说对中国历史产生过重大影响。

欧洲到13世纪,才由意大利神学家阿奎那提出了类似的思想。阿奎那认为:"暴政的目的不在于谋求公共幸福,而在于保住统治者的地位,所以它是非正义的……因此,推翻这种政治,严格来说不是叛乱。"这个思想无疑与孟子的思想极为相似。对中国传统文化素有研究的英国学者李约瑟对此有过论述:"我们不能忘记,2000年来中国主要的社会哲学学派的一条基本原则是:人民有权利和义务'反抗不符合儒教精神的君主',这比欧洲的宗教改革者提出类似的论点还要早将近2000年。我想,我们可以断言:虽然在中国的历史传统中从来没有西方国家所说的那种代议制的民主政体,但是中国也绝不像有些人所想象的那样是一个纯粹的专制独裁的国家。"李约瑟还认为："我深信,在中国的传统中坚强的民主因素是一直存在的。"

在理念上,"民本"虽有了这三大原则,但中国的哲人们没有进一步思考如何做到"民惟邦本",如何"自我民听",如何体现权力的"有道",如何用制度来确保执政者与民众的契约关系。理念有了,却始终没有找到实现"民本"、彰显民权的途径。

其后数千年,中国政治仍为"君本",帝王从来就是政治的主体,权力在君不在民。很多知识分子在政治理念中虽有"民本"思想,在现实政治中碰到的却是"君本",这个矛盾在中国封建社会中始终存在。对这些哲人来说,思考治国之道,如何给帝王一个说法,虚其"君本",便成为一个不得不考虑的问题。如何化解这一矛盾,也成为中国很多思想家的任务。

但这是一对无法化解的矛盾。有良知的哲人只能在思想上,以各种方式来消解君王在政治中的主体性,如老子所言清静无为之治——"清静为天下正""为无为则无不治",孔子说的"无为而治者"的"仁道",孟子的"乐以天下,忧以天下"及"民之所好好之,民之所恶恶之",目的都是想消解君王在政治中的主体性,限制与约束君王的行为。

"民本"思想虽在历代不断被阐释与演绎,也屡成思想亮点,但到君王那里往往沦为一种御民之术。它在中国封建社会的现实政治中,一直未获任何突破。原因之一,还是"民本"与"君本"原本就是一对无法协调、折中的矛盾,哲人们对"民本"思想的表达隐晦曲折,民众对这些理念不仅没有完全理解,更未形成共识。如果民众在政治生活中的主体意识、权利意识没有

126

觉醒，理念便永远只能停留在书本上。所以，直到黄宗羲，才清晰地喊出一句"为天下之大害者，君而已矣"。

注：载《河北青年报》2009年11月23日、11月31日、12月7日。

社会的合作理性

网络时代,信息繁杂、纷乱,各种争论和谩骂时时发生,让人不能不对社会理性有所思考。构建一种合作理性的文化心理,对未来中国显然尤其重要。

春秋战国时代显然属于乱世,诸子百家对社会的评判多为礼崩乐坏。但社会的动荡并没有影响到思想的多元发展。那时的诸子学说,目的就是让社会回归理性,比如道家提出的"小国寡民",墨家提出的"兼相爱,交相利""非攻"。相对说起来,儒者对社会治乱根源的探索更为系统和深入。儒家把人心之仁看作社会理性的基础与内在自觉,也把仪式性的礼提升为一种对生活具有普遍指导意义的思想和行为规范。仁义礼智信这些思想规范,是为了促进个人的理性,进而推动由家族到国家和天下的理性。

那时虽无"社会理性"一词,但从儒家的学说中可读到对社会理性的呼唤。孔子说:"道之以政,齐之以刑,民免而无耻;道之以德,齐之以礼,有耻且格。"孔子一方面看到了政与刑对民众的外在威慑,但同时也看到了德和礼对于社会秩序的重要。孔子当年主张先礼后刑,在他看来"不教而杀谓之虐",也是执政者的一种恶行。荀子也有同样的主张:"故不教而诛,则刑繁而邪不胜;教而不诛,则奸民不惩。"与孔子不同的是,荀子同时把法律看作社会理性的基础,荀子认为"礼义生而制法度",所以社会理性的核心是必须礼法并重,所谓"隆礼重法,则国有常"。

儒家强调个人心灵对仁的价值认知,其实强调的是个人对社会理性的内在自觉。此外,孔子还扩充和抽象了礼的价值。礼在过去只是祭祀的仪式,但孔子将它视为社会生活的一种普遍规范。礼的主要目的,是让不同的民众明确自己的社会身份,如《易》中所说,"有夫妇、父子、君臣、上下,礼义有所错",但它同时强化了人的等级意识。不过在那个时代,能有这种对社会伦理秩序的思考,对当时却有极大的社会价值。儒家的各派虽然思路不大相同,但礼、乐、刑、政一直是儒家学者探索社会理性的核心观念。

那个时代,无论是儒家,还是墨家、道家,都体现了对社会的一种全新的学术想象力与认知力。这种想象力和认知力,让后来的人们知道该珍视什么,该放弃什么,该如何重塑人们对未来的信念。显然,今天社会同样在呼唤这种对社会的学术想象力,要求我们有更开阔的视野,从历史和社会的维度重新审视我们身边的各种危机,让那些困扰成为全社会共同关心和探讨的论题。这种想象力,不仅需要每个普通人都进入思考者的角色,来增进每一个人对社会理性的理解,更期望每个公民都能恰到好处地把握自己与社会的关系。

早在西周末年,中国人就明白"和实生物,同则不继"的道理,认为只有不同而异质的事物并育竞发,世界才能生生不息。到春秋时代,晏子和孔子更是认识到"和而不同"对于治国的重要性,认为唯我独尊、铲除异己,只会使得社会变得死寂而缺乏内在活力。一个有生命力的社会,总是存在着各种对立的因素,总是存在着对社会的各种学术想象,像大自然一样,只有理性看待各种对立和差异,保留并安排在合适的结构中,才会有大自然整体的和谐。

对今天来说,在全社会构建一种合作理性的文化心理尤其重要。因为人类社会是一种共存关系,互利合作可以说是一切经济和政治行为的核心。一方面,人们在市场领域需要互利合作的理性;另一方面,政府与民众也需有一种合作理性。人类的各种社会形态,都是这种合作理性的产物。这种合作理性的基本观点是,理性的个人主义在发展个人的同时,能促进整个社会的发展;同样,理性的政府权力在为公共利益服务时,也会获得来自公众的信任与尊敬。所以一个理性的政府必然是一个服务型的政府,它追求有限与责任,追求法治与透明;同样,一个理性的经济体在追求利益的同时,也会促进社会的整体利益,它追求信誉与人道,追求互利与合作;而一个理性的公民群体,必然呈现出个体理性的成熟与公民组织的发达,面对社会矛盾,公民不会把责任全部推给政府,而是自发理性地进行反思,着手解决社会矛盾,更会避免因过激言行导致的社会混乱与失控。

社会理性意味着凡是市场和社会可自我发展的领域,政府就应当给予足够的自由空间。理性的政府会主动完善依法行政的制度建设,主动要求来自社会和民众的监督,政府各级官员的行动也紧紧围绕着政府应承担的公共责任,通过保障民众的知情权和监督权,来主动培育自身的公信力。社会理性还意味着政府、社会和民众在为共同的目标做出各自的努力,政府会主动响应民众的呼吁,而民众也会放弃单纯的指责与斗争心态,不是以感性意识来支配自己的行为,而是以理性的自我反思与合作共存的理念,来协商解决自身与群体的利益。社会理性也意味着不同的社会群体之间都抱着一种合作共赢的态度,来面对各种社会问题和危机。

一个理性的社会,意味着要有对各种社会矛盾的理性认知,政府不能把矛盾视为对权力的挑衅,这样只会激化社会矛盾,从而可能将社会矛盾转化为政治矛盾。一个理性的社会还意味着,不能用压制的方式来解决矛盾,而应当抱着共生、合作的心态理性地协商、解决社会矛盾。在一个理性的社会中,理性的政府是关键,但理性的公民和社会同样重要。中国人需要生存和发展,这是所有中国人共同的价值判断,这种生存发展是具有连带和共生关系的,只有在一种稳定的社会秩序中,这种共存与发展才有可能。如果说民主、自由、正义是所有中国人的梦想的话,那实现社会理性则是前提。

注:载《北京日报》2016年6月6日,原题《在全社会构建合作理性尤其重要》。

"危言"与"言孙"

《论语》中有句话:"邦有道,危言危行;邦无道,危行言孙。"这里的"危"是严厉、正直的意思,这里的"孙"是谦顺、谨慎之意。所谓"危行"指的是不随波逐流的高洁品行,"危言"则是指正直的言论和真话,而"言孙"意为言论应当变得谦顺。这句话的大致意思是:当国家有一个好制度时,人们要讲真话,行为正直;而当国家制度变得不好时,人们仍须行为正直,但言语须谨慎。

无论有道无道,行为正直都是必需的。孔子的这句话常被一些人拿来作为批评儒家的证据,他们认为"言孙"就是不敢说话。这其实是误读。严格说来,"危言"只有说给那些想听的人才能发挥效用,所以"言孙"并不是指怯懦,而是实现"危行"的前提。在孔子看来,只有在一个好的制度下,人们才会自由表达,愿意自由表达。

《国语》中有专门的故事,来说明让民众自由表达的重要。周厉王暴虐无道,民众都指责他的暴政,于是召公对厉王说:"民众忍受不了这样的暴政了!"厉王大怒,找来了一群巫师,专门监视那些议论朝政的人。一旦有报告,厉王便把那些议论者杀掉。最后民众没人敢说话了,熟人在路上遇见了,也只敢以眼神示意。周厉王高兴地告诉召公:"我已成功制止民众的议论了,人们不敢说什么了。"

于是召公说了以下名言:"是障之也。防民之口,甚于防川。川壅而溃,伤人必多,民亦如之。是故为川者决之使导,为民者宣之使言。"这段话的大致意思是:这是阻止人们的言论啊。禁止民众讲话比堵塞河川的水还要危险,河川水被堵塞会决口奔流,伤人一定很多,禁止人们讲话也会这样。因此,善于治水的人要排除水道堵塞使它畅通,善于管理人民的人,要引导他们敢于讲话。召公又说:民众用嘴发表意见,政事的好坏就自然表现出来了。民众心中有思虑,自然会在口中表达,怎么能加以堵塞呢?如果堵住了百姓的嘴,还有人会关心政事吗?

这是 2000 多年前召公对周厉王的谏言,周厉王因施政暴虐,熟人在路上遇到都不敢打招呼,只能用眼神交流。周厉王不听劝告,结果 3 年后发生了"国人暴动",周厉王被赶出了镐京。这是 2000 多年前人们就明白的道理,今天看来,仍不过时。

现代社会则把民众的言论和观念看作一个自由竞争的市场,只有让信息和观念进入市场,通过优胜劣汰的竞争和市场检验,才能辨其良莠。民众需要的那些信息和观念,自然留存下来;那些不真实的信息、无说服力的观点,肯定应者寥寥。这一筛选过程,依靠的不是政府的管控之手,而是民众的理性与常识,这是宪法和法律首先需要保障的。自由是制定法律的前提,只有保证公民有发表不同的意见和见解的权利,才会形成整个社会的公共意志。

从成本和收益的角度看，也是如此。只有保障了民众的言论权利，才能达到对言论市场的合法管理。评判一种管理方法的社会效益，也是法治原则之一。如果一种制度方案比另一种制度方案能降低更多的社会成本，带来更大的社会效益，法律会选择前者。效益原则与权利平等的理念是兼容的，它不会区别对待不同的群体与阶层，而是把社会看作一个整体，来衡量一项政策的收益与成本。在欧美等地区和国家对言论管理的司法实践中，这一原则也得到了广泛运用。欧美的"明显而即刻的危险"原则，日本的"公共福祉"原则，运用的都是这种效益原则。

政治心理学告诉我们，没有人真的反对言论自由，他们只是反对另一些人的言论自由。所以当言论受到不合理的管控时，被伤害的不仅是普通民众的权利，也包括政治家与企业家的权利。这种滥用限制的行为，不仅伤害法律的权威，也等于在制造各种极端言论，伪言邪说因此在私下里肆意横行，也就毫不奇怪了。而保障了言论的权利，不让民众"言孙"，就等于培养民众理性的思考与判断力，让民众在自由讨论中，自己去辨别某项公共决策的利弊，少数利益集团想在公共政策中施加自己的影响力，会变得困难。通过民众的自由讨论与客观分析，符合大多数人利益的公共决策自然会获得民众的支持。民众的参与才是推动社会进步的最大保证，而且能为社会实践提供更为广泛的智力与思想资源。

注：载《深圳特区报》2016年8月23日。

孔子改革了什么

当下国人对孔子"至圣先师"的身份是多有认知的。但一般人并不是特别明了,孔子何以对中国如此重要?这主要因为他是一个伟大的政治改革者,他的政治哲学,可以说影响了2000多年的中国政治制度。当然,孔子作为一个改革者,更重要的是他提出的政治哲学,如今留存的史料很难证明他推行过任何事实上的政治改革行动。

孔子虽有贵族血统,但年轻时比较贫困,他自己说:"吾少也贱,故多能鄙事。"他出生时父亲即已去世,也有说他3岁时父亲去世的。孔子母亲去世也不知其年,但多数学者认为是在孔子17岁以前。《孟子》中记载,孔子年轻时做过管仓库的小吏,目标是"账目要对头",也曾做过管理牲畜的小吏,目标是"牛羊长得肥壮"。孔子虽胸怀大志,但由于没有继承相应的社会地位,所以一切只有依靠自己努力。

那是一个政治权力世袭的年代,也是一个流行政治权谋与辩才的年代,孔子家族的衰落和他率真的性格,注定了他无法在实际政治中成为一个成功者。在他那个年代,只有从政才能获得名声和成就。《史记》认为孔子在鲁国曾做过中都宰,然后官至司空、司寇,包括《孟子》《左传》都有这种记录。《左传》中甚至记载了公元前500年,孔子作为鲁定公之相,参加了与齐国的一次会谈,叫夹谷之会。凭借智慧和勇气,孔子挫败了齐国兵劫鲁定公的阴谋,还让齐国归还了鲁国的土地。然而,这个传奇千百年来一直被学者怀疑,认为基本属于杜撰。因为如此重要的政治事件如果真的发生了,《论语》中不可能只字不提。与其相关的还有鲁国司寇的说法,这是一个极为重要的职务,《左传》对鲁国的历史记载得极为详细,如果孔子真的担任过这个职务,那么《左传》中应该有大量关于孔子政绩的描述,然而没有。

虽然大多数学者认为孔子担任过此职,但也有学者考证,认为孔子做过司寇基本是不可能的,因为这个官职一般由重要的贵族担当。有史料表明,在早期鲁国司寇一直由臧氏家族担任。如果孔子真的担任过如此重要的职位,很难想象《论语》中会没有任何记录。更大的可能是,孔子当时在鲁国只是担任过类似政府高级顾问之类的闲职,为君王或当时的当权者提供一些国事咨询。

相比孔子实际的从政生涯来说,更为重要的还是孔子的政治哲学思想。孔子提出"士志于道",也提出了"君子"这个概念,多次强调了以德行和才能选择官员的重要性。在孔子的观念中,知识分子是"道"的承担者,明道与行道是知识分子的终极使命。孔子对中国的重要性就在于,他为知识分子创造了一个"道统",来与执政者所代表的"政统"相制衡,虽然今天知识分子又丧失了这个道统。孔子说："所谓大臣者,以道事君,不可则止。"孔子认为臣首先要服从"道"——大家共同认可的公共精神,若缺乏对这种公共精神的坚守,孔子认为就不是一个合格的臣。道统的依托为"道",所以它比政统有更高的权威。用代表世间真理的道统,来抗衡君王代表的政统,最终从精神上驾驭政统,自孔子之后成为儒家的社会理想。孔子的期望是,用政治统领社会,用学术统领政治。孔子期望的学术也是源于民间的学术,不受政府钳制的学术,这是他开坛设教的真正动因。

孔子也因此奠定了中国政治治理的很多常识。比如在"子贡为政"那个著名的章节中,孔子就把民众对政府的信任,看得比军备和粮食更为重要,认为这是一个政府存在的基础。孔子在粮食和信任中,毫不犹豫地选择了信任,他的真实意思是,执政者不能为了经济利益而对民众造成过多的损害,执政者的存在不是为了自己的敛财和攫权,而是要设法给民众带来福利与幸福。孔子认为执政者对民众要"道之以德,齐之以礼",而不能"道之以政,齐之以刑",这也是孔子最为重要的政治思想。他认为对民众不应该有不做什么的严厉规定,而是只有应该做什么的典范式引导;不应该有用恐怖来统治的警察国家,而是一个执政者与民众合作型的社会。孔子的很多政治理念与现代民主观念是相通的,强调对社会的理解与合作精神,而不是刑罚与严惩。

孔子的政治哲学,为此后的中国带来了一场彻底的社会和政治革新。他强调不以世袭和出身,而以德行和才能选择从政者。孔子虽然没能使弟子们得到世袭的权力,却巧妙地让他们拥有了"君子"之名。从此,"君子"指的是饱学之人,而与贵族身份无关。在这种思想的引导下,他去世后的几个世纪内,世卿世禄的贵族世袭政治,逐渐从中国的大地上消失了。

孔子既是一个活生生的人,也是一个圣人,他不仅在政治上构想了一个理想国,也为中国人建立了一座心灵的圣殿。在这个理想国中,每个人,无论他的出身如何卑贱,都能享有生命和知识的尊严;在这座圣殿中,每个人都能成为尧、舜那样的圣人。对于中国人来说,这是最重要的。

注:载《河北青年报》2010年1月25日。

人格才是真学问

如果把学问比作一条路,今天大多数人都在这条路上游荡过十几年。我们童年时满心欢喜地走向学问之途,学着学着就变得心不在焉了,觉得自己接受的不过是一些无关人生痛痒的学问。学问再多,内心的迷惘或寂寞好像并未减少,充实而宁静的心灵世界总是离我们很遥远。

孔子时代就有了学问的这种分野,所以他说:"古之学者为己,今之学者为人。"这里"为己"的意思不是指为了自己的利益,而是说为了自己的人格,也就是学问的目的是指向自我的。完善自我,成就一种理想的人格,是学问的最终目的。"为人"的意思,则将学问的目的指向了外在或他人的认可,是为了迎合社会需要而进行的学问。

在孔子的话语中,"古"一直是他心目中的理想社会,而"今"则为一种现实。从这句话可以看出,从那个时代开始,就一直存在着两种学问:一种是为了社会性需求,即为了做官、谋生的求学;另一种则是为了使自己人格得以成长的求学。我们今天的学校教育,很大程度上只是完成了第一种功能,即求学的社会性功能。

孔子并不反对"为人"之学,但他无疑更看重"为己"之学。所以2000多年来,"为己"之学一直被看作儒家的核心,儒学被称为"身心之学""性命之学",也是在这个基础上说的。在孔子看来,如果只做"为人"之学,是缺乏根基的,容易使人生成为一座空中楼阁,这时学问反而成了生命的一种负担。而只有以"为己"为一切学问的根基,一个人才能够真正找寻到自己安身立命之处。

在全球化的今天,中西文化冲突的一个比较核心的问题,也在这里。西方的知识系统其实一直强调的是"为人"之学,人役于物、工具超越价值,是西方知识系统的一个重要特征。在这样的大环境中,重提"为己"之学的重要,也变得有了特殊的意义,它至少让我们可以更多地理解当代人类精神所面临的尴尬处境。

在儒家的知识系统中,使自己获得一种完善的人格不仅是首要问题,也是一个终极问题。也就是说,一切学问的目的,都要指向这个目标。"为人"之学只有指向了这个目标,才能有自己的创造或发现。儒家对自我人格的看重,体现了这种思想体系的宗教属性,它对个人内心精神世界的关切,远远超过了对外在物质世界的关心。

当然,儒家的"己"并不是指一个孤独的个体,这和西方的个人观有很大的不同。儒家的个人观,更多是指处在一个复杂的社会关系的中心点。这种个人观是由个人的独特的社会关系和公认的角色构成的,始终与社会和他人有着千丝万缕的联系。所以自己人格的实现,也需联系到他人人格的发展。这就是孔子说的"己欲立而立人,己欲达而达人"的意思。

《大学》中说的"修身、齐家、治国、平天下",指出的就是个人的人格如何发展与完善的过程。在这里,修身即是一切行为的基础,也是一切行为的最终目的。家庭在这里体现的是一种放大的个人权利,家庭美满了,自然体现为个人的成就;而国家在儒家的思想中,被想象成一个扩大的家庭。个人在修身过程中实现了与家庭、社会的共通和相互依赖,也完成了个人在这个共同体中的关系与角色。儒家认为,个人必须要通过对社会介入,才能真正实现自我的完善。

儒家对学问和人格的发展,构建了一个非常复杂的知识体系。它与西方文化认为个人人格的成长需通过对上帝信仰不同,与印度文化远离社会的自我修行也完全不同。对于整个世界文化体系来说,这种独特的对于学问与人格的认知模式,可以说是一份弥足珍贵的思想资源。

注:载《南方周末》2011年4月25日。

儒家也有"幽暗意识"

"幽暗意识"成为一个学术概念,是中国台湾思想史家张灏的功劳。他在分析西方民主传统的源头时,挖掘出这一概念。在欧美学界,"幽暗意识"很少有人论及。这个概念之所以对中国人重要,是因为借此我们或许能发现中西方文化的一些差异,来回答儒家思想究竟因为少了何种因素,以至于没有发展出民主制度。据张灏自己介绍,他的这个观念的形成,受过危机神学的影响。危机神学认为人与神有着无法逾越的鸿沟,人总是人,永远不可能是神。

什么是"幽暗意识"呢?张灏有过一个定义:"就是发自对人性中或宇宙中与始俱来的种种黑暗势力的正视和省悟:因为这些黑暗势力根深蒂固,这个世界才有缺陷,才不能圆满,而人的生命才有种种的丑恶,种种的遗憾。"在张灏看来,西方近代之后会生发出民主政治,很重要的原因在于基督教传统的"原罪观"的保存和"幽暗意识"。自由主义除了珍视人类的自由和尊严外,同时也承认人性的罪恶,对政治生活中的人性持悲观态度,所以它在对未来的自信中,总是保持着对人性幽暗的认知和对权力的警觉。正是这份警惕,使民主有了成长的土壤。

张灏认为,"幽暗意识"并非西方独有,儒家也有它的存在。虽然儒家和基督教的人性观不同,基督教是以人性沉沦需要救赎为出发点,而儒家更多强调人性成圣成德的可能,但反观儒家对道德的推崇,也是建立在现实生命缺乏德行这一假设前提下的。没有这个前提,儒家所强调的修身也就失去了基础。

中国文化传统中一直有"忧患意识",孔子与《论语》的诞生,很大程度上是源于这种"忧患意识"的笼罩。张灏认为,如果仔细阐释孔子所言"天下无道",已经有将外在"忧患"与内在人格连在一起的趋势了。可以说,孔子很早就把世间的无道归于人性的昏暗。张灏甚至认为,在《论语》中忧患意识已渐渐转化成"幽暗意识"。

到孟子时,虽强调人的性善论,但他对人性仍然是有强烈的现实认知的,所以他会有"人之异于禽兽者几希"的感叹,这个"几希"就是很少的意思。在孟子的观念中,他更是把人的自我分为"大体"和"小体","小体"就是人性中的兽性与黑暗面。而荀子的性恶论,关注的重点更是人性的"幽暗意识",他的所有思想都是以"幽暗意识"为出发点的。但由于荀子对后来的宋明儒学影响较小,所以他的思想未能得到最大限度的彰显。

儒家思想中虽然一直贯串"幽暗意识",但这部分思想一直未能成为主流。张灏认为"乐观的人性论"是儒家政治思想的主要精神,也就是常说的圣王与德治思想。儒家政治思想虽然饱含了抗议与批判精神,但因未将"幽暗意识"视为根基,这种精神只是停留在理想层面,并未最终落实为对社会制度的设想。虽说朱熹的《大学》传统有对制度的关注,但它关注的仍然是"治道",而非制度。在张灏看来,这都和儒家对人性的过于乐观有关,以至于儒家虽有"幽暗意识"的传统与资源,但这一传统与资源没有能被充分地认知,更没有最终形成民主制度。也就是说,只有正视政治生活中的人性之恶,才可能依赖制度来限制执政者作恶。"幽暗意识"不是说必然证实人人是坏人,但它在价值层面认为对人性保持着警觉与怀疑是必要的,只有正视这点,才有在社会制度上加以防范的必要。

近年来,"忧患意识"提得很多,让很多人混淆了"忧患意识"与"幽暗意识"的区别,崔卫平专门写过文章来辨析两者的不同。崔卫平认为,虽然两者都主张面对不利因素,并采取防范、警惕的态度,但最大的不同在于,"忧患意识"认为问题出在外部世界,只要将外部问题解决好,一切就会变好,更像是针对外界的不安全感;而"幽暗意识"还包括对自我人性的认知,认为人自身所拥有的破坏性,反而更有警惕和防范的必要。从这种区分可看出,"忧患意识"只是一种现实认知,而"幽暗意识"接近一种超验价值。只有有了这种价值判断,才会在设计具体社会制度时,认为将人性中的"幽暗意识"结合进去是必要的,防范和制止才有可能。

这是两种完全不同的思维模式,分辨清楚了,也就自然会同意张灏所说的那句话:"人最大的敌人是人自己。"

注:载《深圳特区报》2012年11月13日。

孝之深爱

对孝道,每个中国人都有自己的理解。小时候,从父母那里,或多或少听到过一些关于孝的说法。《增广贤文》有一句话,叫"鸦有反哺之义,羊有跪乳之恩",是说动物就有天然的血缘情感。而父母与子女的血缘情感更是不言而喻。然而只有中国将这种情感上升为一种伦理价值,形成了很完整的思想体系和一种稳定的社会观。这也是中国文化区别于其他民族文化的一个最主要特征。比如"孝"这个字,在很多民族的语言中就很难找到对应的词,来说明中国人认知的那种伦理思想。

看"孝"的篆体,可发现它上半部是人老了的样子,弯腰弓背手拿拐杖,而下半部则是一子做服侍状。《尔雅》中对孝解释为"善事父母"。《尚书》的《尧典》中,别人介绍舜时就用了"孝"字,尧帝一下把自己的两个女儿都嫁给了他。《孝经》中引孔子言认为:"夫孝,德之本也,教之所由生也。"孔子把孝看作一切教化的源头,有学者考证,连"教"字也是从"孝"演变而来的。

《论语》多次说到孝,但孔子并未给孝下过一个定义,在《为政》篇中,连着四章问孝,但孔子的回答各不相同,像一篇精短的小说。先是孟懿子问孝,孔子答"无违",不要违背了父亲。孔子为何如此回答?是因懿子的父亲僖子贤而好礼,孔子让懿子谨守父教就很好了。等到弟子樊迟为孔子架车,孔子又把对懿子说的话告诉樊迟,意思是无违父命为孝是针对懿子来说的,并对樊迟进一步讲了他的未尽之意:"生,事之以礼;死,葬之以礼,祭之以礼。"

孟懿子的儿子孟武伯来问孝时,孔子的回答是"父母唯其疾之忧"。这句话涵盖内容很广,子女平日要事事谨慎持身,让父母除了担忧你的疾病外,其他地方没有可忧虑的,因为人的疾病是不能自主的。以前常有人说某某贪官也是孝子,以为孝就是供养父母,在孔子看来,并非这么简单。自己的所作所为不让父母担忧才是真正的孝,违法犯罪则可视为最大的不孝。

果然,子游来问孝,孔子就回答道:"今之孝者,是谓能养。至于犬马,皆能有养。不敬,何以别乎?"孔子认为,现在人只把孝看作能供养父母。就是犬马,一样有人养着。没有对父母的一片敬心,又怎作分别? 可见,孝并非简单的物质满足,还要有来自情感和精神上的慰藉,后人所说的"孝敬",即源于此。最后子夏问孝道,孔子说:"难在子女始终能和颜悦色上。有事年幼者操劳,有酒食让老人先吃,难道这就是孝了吗?"人的面容是内心真情的流露,如《礼记》所说:"孝子之有深爱者,必有和气。有和气者,必有愉色。有愉色者,必有婉容。"有对父母的深爱,自然不会有对父母的不耐烦了。

从这些篇章能看出孔子是因人施教,子游或许敬心不够,子夏或许有不愉之色,才引发了孔子的一番议论。古人认为,孩子生下三年才能离开父母的怀抱,所以父母去世,子女也要为父母守丧三年。但宰我对此有疑问,与孔子探讨过这个问题,认为三年之丧似乎期限太久了,君子三年不行礼,礼将从此而坏,君子三年不作乐,乐将从此而失,他认为有一年之期也就够了。孔子便问:"你守丧一年即吃稻米,穿锦衣,心安吗?"宰我答:"安呀!"孔子说:"你既心安,就可如此做。君子之所以要守丧三年,是因为食之不甘,闻乐不乐,按日常方式起居总觉心不安,因此才不这样做。现在你若觉心安,就可照常生活。"孔子对宰我虽然不快,但也没有强制宰我非得按社会规范做,只是将孝道归结为"心安"二字。真正的君子,只要能做到心安,即便在各种场合有不同的行为,在孔子看来也是正常的。

在孔子时代,孝道的重心还在个人,表现为人的真情与本性的一种自然流露。至于由孝而演变的父权或君权论,是后来的事了。汉代的"孝治天下",使孝道逐渐被政治化,使"孝"字蕴含了更多的政治意味。一时间人人诵习《孝经》,汉惠帝后,连皇帝都改以"孝"为谥号,如孝惠帝、孝文帝、孝景帝等。可能因为中国没有宗教基础,孝道也渐渐地演化成为一种信仰,如同《孝经》对它的定义:"天之经也,地之义也,民之行也"。

注:载《河北青年报》2009年6月22日。

孔子的快乐教育

钱文忠质疑"快乐教育说",并不奇怪,因为他主要宣讲《弟子规》,对现代心理学或教育心理学可能了解得不多。《弟子规》以《论语》中的"弟子入则孝,出则弟,谨而信,泛爱众,而亲仁。行有余力,则以学文"为纲领,对人的行为进行规范,有点类似现在的学生守则,就是把孔子的一些观念落实为人的具体行为。既然是规矩,不免生硬,无论理解与否,都得照着执行。

我们知道,一种观念转化成人的行为,在不同的人身上会有不同的表现。就如两个人即便对爱情的理解差不多,表现出来的行为也可能千差万别一样,孝、悌、仁、爱这些观念,在不同的人身上也可能呈现出不同的面貌。如果硬要规定怎么做才是正确的,效果可能适得其反。那些并不信奉孝、悌、仁、爱观念的人,可能因表面行为合乎了规范,反而更易得到人们的认同。也因此,《弟子规》从未被视为儒家经典。

或许《弟子规》传达的孝、悌、仁、爱观并没错,它的问题在于把一些观念变成了生硬的规矩。举个例子,如《弟子规》的最后一句"圣与贤,可驯致",一般解释就是圣与贤通过"驯化"是可达到的。这与《论语》中的孔子思想完全不符。孔子强调的多是弟子"当仁,不让于师""学而不思则罔,思而不学则殆",怕的就是学生被驯化、唯唯诺诺。但孔子的这些思想在《弟子规》中极少得到体现,而更多地被转化成了"话说多,不如少""对尊长,勿见能"之类断章取义的观点。《弟子规》全文1080字,用得最多的一个字是"勿",有43处之多。这种教训、警诫式的口吻,显然是违背孔子的教育理念的。

不说现代教育心理学,即便孔子本人,也不是一个刻板、无趣的老学究。孔子算得上中国最早创造快乐哲学的人。《论语》中就用"悦""乐""不愠"四字,给学习和教育定下了一个快乐基调。儒家思想对快乐的肯定,明显多于其他各家学说。孔子对教育有个重要观点:"知之者不如好之者,好之者不如乐之者"。在孔子看来,"乐之"比"知之""好之"重要得多,只有快乐地求知与谋道,知识和大道与人的生命才变得没有间隔,圆融贯通。他不仅重视快乐教育,还期望学生"举一反三"。为了让每个人都学会反躬自省,他小心翼翼地不为后人制定任何死板的规则,极少规定学生当做什么、不当做什么。

《弟子规》在某种程度上可说是对儒家思想的一种误读,丢失了儒家很多珍贵的情怀和常识。《弟子规》倒是能教出老实听话的孩子,却很难培养一个孩子健全的人格。孔子早就指出过这两种学问的分野:"古之学者为己,今之学者为人"。这里"为己"的意思,不是指为自己的利益,而是说为了自己的人格,也就是学问的目的是指向自我的。完善自我,成就一种理想的人格,是学问的最终目的。"为人"的意思,则将学问的目的指向了外在或他人的认可,为迎合社会规范而进行的学问,指的就是《弟子规》一类的学问。

孔子话语中,"古"是他心目中的理想社会,"今"则为一种现实。这说明从那时起就有两种学问:一种是为了社会性需求,即为做官、谋生的求学;另一种则为使自己人格得以成长的求学。孔子不反对"为人"之学,但他更看重"为己"之学。所以2000多年来,"为己"之学一直被看作儒家的核心,儒家被称为"身心之学""性命之学",也是这个原因。在孔子看来,如果只做"为人"之学,是缺乏根基的,容易使人生成为一座空中楼阁,这时学问反而会成为生命的负担,并无快乐可言。只有以"为己"作为一切学问的根基,一个人才能够从学习和教育中感知到快乐,找寻到自己安身立命的所在。

在儒家知识系统中,使自己获得一种完善的人格不仅是首要问题,也是一个终极问题,一切学问都要指向这个目标。"为人"之学只有指向了这个目标,才能有自己的创造或发现。儒家对自我人格的看重,体现了这种思想的宗教属性,它对个人内心精神世界的关切,远远超过对外在物质世界的关心。这与当下快乐教育有相似处,儿童不只是接受成长培训的准成人,更是完整意义上的人,自己有独特的能力和乐趣。教育首先需遵循这一原则。

虽然儒家对个人的认知与西方不同,但快乐的理念是相同的。孔子对快乐的要求极简单,他认为,吃着粗饭,喝着白水,曲着臂膊当枕头用,快乐就在其中了。所以,他对颜回的赞赏就是:"一箪食,一瓢饮,在陋巷,人不堪其忧,回也不改其乐。"可见在孔子的心目中,快乐多么容易得到。正因为孔子是一个充满快乐精神的人,即使他常碰壁,也能从失败的不快中走出来,还注意不时让弟子也放松一下。他在郑国与弟子失散后,被郑国人形容成一只"丧家狗"。孔子听到子贡的转述,反而笑了,自嘲道:"说我像一只丧家狗,还真像啊,还真像啊。"毫不在意。

孔子也是最早把音乐当作快乐之源的人,他听到韶乐三月不知肉味。在孔子看来,人的生命与快乐有一个与音乐互相呼应的世界,而音乐能让人充分体会到生命的这种快乐。孔子说"兴于诗,立于礼,成于乐",把乐的教育看得比诗与礼还要重要,认为音乐才能真正让一个人的人格修养得以完成。因为"乐者,乐也",音乐能给人带来真正的快乐,唯音乐难以作伪。

他的弟子曾皙说自己的人生理想是:"遇到暮春三月天,穿上新缝的单衣,约上五六个朋友和六七个童子,结队去沂水边,清洗手脸,一路吟风披凉,直到舞雩台下,大声歌咏一番,然后再慢慢回家。"曾皙还没有说完,孔子就大声叹道:"你的理想就是我的理想啊。"从孔子的这个理想,我们可看出他一直在追求快乐而率真的生活。孔子用他的言行证明了这样的事实:快乐不仅是一种学习和教育的理想,更是生活中最为重要与核心的部分。对于儿童更是如此。

注:载《北京青年报》2013 年 8 月 30 日。

"以意逆志"与"隐微写作"

孟子和弟子咸丘蒙论及《诗经》时说过一段话:"故说诗者,不以文害辞,不以辞害志;以意逆志,是为得之。"这段话看似简单,但如何解释,历代争论颇多,简直可用"众说纷纭"来形容。这是古汉语的多义性造成的。不过可能正因这种解释的多样性,这段话在中国古典文学中一直被视为重要的批评理论。

首先是对"不以文害辞,不以辞害志"的解释。因为对"文""辞""志"三字的训释不同,人们对这段话的理解有很大的不同。大致说来,有三种观点。有把"文"释为文采、把"辞"解为篇章的,这两句话的意思是:不能因文采伤害了篇章,也不能因篇章伤害了诗者言说之志。宋代朱熹把"文"释为字,也就是文字,把"辞"解为语,也就是句子,认为这两句的意思是:不能因一字而害一句之义,也不能因一句而害设辞之志,"不以文害辞"意味着不能断章取义地因个别字词曲解词句之意,也不能因词句表面之意而歪曲了作品的原意。也有把"文"看作文采、把"辞"解为言辞的,意思是:不能因诗中的只言片语而望文生义,也不能对诗中的一些艺术手法作违背作品原义的理解。

这三种解释虽有一定道理,但总是显得有些欠缺。比较合理的解释是,"文"的意思是指字词,而"辞"的意思是指篇章,"志"指诗人之志,也就是写作意图。"不以文害辞"的意思是:不能因文字之义而伤害篇章之义,也就是说不能用断章取义的方式读诗;不能只看字词片段的含义,而须考量篇章整体的意义。这里的"文",是相对"辞"而言的,可能是词,也可能是词组和句子。"不以辞害志"的意思,就是不能把篇章表面的言说看作诗人的本意。"辞"是显示在外的语言,而"志"则指语言所包含的思想。在诗歌中,语言和思想并非完全对应的,有时也会使用言近旨远、指东道西等象征或隐喻手法,所以读者不能拘泥于篇章的意思,来理解诗人的写作意图。

对"以意逆志"的解释,历代也有很多说法。这里的"逆"是推测、揣摩的意思,"志"一般解释为作者写作诗歌的本意。但对"意"的解释有几种:有认为是作者之意的,也就是应当以古人之意来求古人之志;也有人认为"意"是读者之意,就是以己之意来推测、揣摩诗人之志。朱熹说过:"当以己意逆取作者之志,乃可得之。"还有一种观点,论者较少,认为"意"应当是作品之意,也就是指客观地存在于诗歌中的意义。分析起来,作品之意可能更合理一些。

显然,如果把"意"释为作者之意,原句之意就成了以作者之"意"推测作者之"志",明显不对;而把"意"解为"读者之意",虽说应和了后来的"诗无达诂"观,也和西方现代文学的一些理论相对应,但显然不是孟子的原意。现代文学观认为,文学作品发表后,虽然作品的词句不会发生变化,但人们在阅读过程中所发现的意义永远处在变化之中。就像鲁迅在说《红楼梦》时说的,经学家能看见《易》,道学家能看到淫,才子窥见缠绵,革命家读到"排满"等,在作品的阅读过程中,读者之意确实会表现得千差万别。这正是文学作品的魅力所在。但这肯定不是孟子对咸丘蒙说话的本意,因为孟子论述的目的,是改变当时随意解读诗歌的风气。如果将"意"解为读者之意,也就等于认同了当时的做法。

相比较而言,将"意"解释为作品之意,更符合孟子的意思。当作者用一些特定的字词来表达意思时,"意"就是指这些字词组合在一起时所包含的意思。"不以辞害志",就是说不能因作品"文""辞"之"意"而影响到作者之志;而"以意逆志"就是应以作品"文""辞"之"意"去理解作者之志。孟子提出"以意逆志",是针对春秋时代对诗采用断章取义的解读方法而发表的观点。当年的士大夫往往喜欢借用诗句来说自己的话,比较随心所欲,借用的也只是诗句表面的意思,并不顾及全诗本来的含义。孟子"以意逆志"的理念,使得人们对待诗歌的态度,从以前的断章取义,渐渐地过渡到对诗歌的整体阅读与理解了,使得汉代之后开始出现较为体系化的诗歌理论。对"意"的多义性的争论,也使得人们对"意"的含义有了更多的了解,文学阐释的方法也变得更多了。

不过,有一种情形,古人倒是较少论及。这就是施特劳斯在《写作与迫害技艺》一文中提出的"隐微写作"。施特劳斯认为,在一个自由被压制的国度,迫害会对文学表达造成很大的影响。迫害虽然不能阻止自由的思考和表达,却迫使一些持异见的作者发展出一种特殊的写作技巧。一方面,他们要使自己的思想得以表达,另一方面他们又得避免被迫害,于是一种特殊的文学类型便诞生了。有很多重要的真理,在作品中都是以一种隐微的方式呈现出来的。这种文学不是面对所有的读者,而只针对那些聪明的、可以信赖的读者。这种密码式的写作方式,当然就更需要阅读者手中备有解码的武器了。

这时,"以文害辞""以辞害志",倒成了作者的一种写作方法。为了不被统治者迫害,作者们只好用手中的文字去"迫害"读者,并将读者与自己的文字隔离开来。这时,"以意逆志"的阅读方式就变得更为重要。可以想见,中国封建社会历代的文字狱,一定为我们留下了很多这样的作品,但因为缺少"以意逆志"的解读,这些作品倒真的可能因为"隐微"而永远存在于黑暗之中了。我们即便从作品之意中,也极难揣摩真实的作者之志。

中国虽然没有"隐微写作"这个说法,却有所谓的"春秋笔法"。可见,在很多时代,真理只能依靠秘传的方式,才可能传承下去。

别误读了"王道"

近年常看到一些不了解儒家思想的文人,一说起"王道"便满嘴不屑,他们直观地认为"王道"指的就是君王之道,是一种专制、皇权的统治思想。这可以说是对"王道"最浅薄的误解。

"王"这个字在古人观念中是非常神圣的。《说文解字》中,许慎对"王"的解释为"天下所归往也",也就是指天下人想归属或去的地方,可视为归宿的地方。在古书中,"王"常被训释为"往","往"在上古就是现在"去"的意思,并且目的地明确,而古代的"去"指的是"离开"。董仲舒认为,古人造字,之所以把三画连其中称为王,三画象征的就是天、地、人,而使三者贯通则为"王"。所以古人多把"王"理解为人法天地之后,所拥有的一种公平正直、无私无偏的态度。

最早谈到"王道"的书是《尚书》,它是这么说的:"无偏无破,遵王之义;无有作好,遵王之道;无有作恶,遵王之路。无偏无党,王道荡荡;无党无偏,王道平平;无反无侧,王道正直。"用现在的话说就是:不要不公不正,就是遵循王的法则;不要私行偏好,就是遵循王的大道;不要为非作歹,就是遵循王的正路。

不营私不结党,才能使王道宽广;不结党不营私,才能使王道平坦;不反复不倾斜,才能使王道正直。可以说从周朝起,"王道"便被理解为公正无偏、人法天地的一种政治理念。

孔子后来说的"天下有道,则政不在大夫。天下有道,则庶人不议",这里的"道"指的就是"王道"。在孔子的理想中,一直期望恢复的就是自尧、舜到周公所遵循的这种公正无偏、法于天地的"王道"政治。

最早把"王道"和"霸道"作为两种不同的政治理念加以对比和论述的是孟子。孟子说:"以力假仁者霸,霸必有大国。以德行仁者王,王不待大,汤以七十里,文王以百里。以力服人者,非心服也,力不赡也;以德服人者,中心悦而诚服也,如七十子之服孔子也。"大概意思是:依仗强力而假借仁义可以称霸天下,称霸一定要有强大国力。依靠德行来施行仁义的,可使天下归附,这样做不用国力强大,所以汤有七十里土地,文王有百里土地,就使天下归附了。以强力使人服从,人不会心悦诚服,只是因为力量不够;而以德服人,人则会心悦诚服,如同七十弟子归附孔子一样。孟子认为王、霸的分别在于是"以德行仁""以德服人",与"以力假仁""以力服人"。孟子在这里已将"王道"赋予了他所倡导的"仁政"思想,而霸道则为标榜仁义,但实际靠武力实行强权的政治。在孟子看来,"以德行仁"与"以力假仁"两者是对立的。

孟子所说"行仁政而王,莫之以御也""保民而王,莫之能御也",强调的都是行仁政、得民心,这样为政天下才能做到无人能够抵御和阻挡。在孟子的"王道"思想中,他一直强调民众在政治中的作用,认为"王道"政治的基础和成败就在于能否真正得到人民的拥护,也就是我们今天所说的是否具有民意合法性。仁政就是指政治不是基于暴力,而建立在人心向背和民意认同的基础之上。"王"字的本意为"天下归往",也就是如今民主政治讲的民意认同,只是民主政治多强调程序的合法性,而"王道"政治关注的是民意的实质认同。

在儒家政治理想中,"王道"是理想,是政治的最高价值;而"霸道"则为现实,是需要面对的问题。只有合理解决了两者关系,才能形成一种比较完美的政治秩序,所谓天、地、人三者贯通,才能真正实现天道、自然与人类的平衡发展。

注:载《北京日报》2016年8月29日,原题《对"王道"的一个误解》。

"守望相助"的慈善之源

当下的慈善常常曝出丑闻,极大地损伤了民众对慈善机构的信心。

如今说起慈善,人们想到的多是西方的慈善组织。慈善在中国是一个古老的概念。古人虽很少把"慈""善"二字连用,但在儒家学说中有着大量慈善的思想。孔子所言"仁者爱人"的思想自不必说,孟子所说"守望相助,疾病相扶持""老吾老,以及人之老;幼吾幼,以及人之幼",表达的都是一种质朴的慈善观。《礼记》中更是说:"人不独亲其亲,不独子其子,使老有所终,壮有所用,幼有所长,鳏寡孤独废疾者,皆有所养。"这些观念即使在今天看来,也仍是我们对于慈善事业的理想。佛教传入中国后,"行善得报"的思想更是在民众中得以普及。

当然,不仅是慈善观念,在慈善事业上,中国传统社会也并不落伍。在西周时,就有专门的地方官负责救济荒年民众。到了春秋战国时代,还设立了平籴制,即丰年官府买入粮食,灾年则平价卖给民众;70岁以上的老人也有专门的机构赡养。魏晋南北朝时,除救灾赈贫外,还出现了六疾馆,这是用来收容贫病者的慈善机构。至于佛教寺院的济贫救灾、施医给药,更是成为一种现象。到隋唐之后,不仅有赈贫济贫的义仓、粥院,还出现了社邑,碰到贫民的丧葬婚嫁等事,也予以资助。

两宋时,还出现了义庄,由乡绅出资购置田产,交给那些不能自给的族人居住、耕种。至于义塾、义学更是屡见不鲜。除民间慈善外,南宋还诞生了官办的慈幼局,专门用来收养被遗弃的婴儿。明清时代,官办和民间的慈善事业都很发达。官办的有朱元璋创设的养济院和惠民药局,养济院负责抚恤孤老,各州县都有一处。此外,明清政府还设有栖流所,用来收养流浪乞食人员。民间的慈善机构在明清则多如牛毛,如遍布各地的普济堂及同善会、惜字会、义渡局、丧葬会、救生局等。清代的义庄更是数以千计,提供从贫病婚丧到养老劝学的一条龙服务。

现代慈善的一个主要特征就是非政府性质,它是公民基于自愿原则而开展的一项事业。慈善垄断不仅影响到政府权责的定位,如果政府对慈善干预过多,也会影响到慈善组织的积极性,还会让很多捐赠者感到一种来自权力的压力,出现逼捐或"被慈善"的情况。不同主管部门之下的慈善机构的性质和运行规则迥异,自然难以获得社会公信力。一旦这种公信力的缺乏形成社会共识,对依靠募集善款才能生存发展的慈善机构来说,无疑将是致命一击。

现代慈善起源于美国,不只包括财、物的救助,还包括改善人的精神、教育和环境等各种公益行动。在西方社会理念中,慈善属于市场分配后的"二次分配",与纳税及公共福利具有同样的性质,所以政府通过免税及一系列制度安排,来鼓励民众和民间组织在"二次分配"中发挥作用。早在2007年,美国慈善捐赠总额就超过了3000亿美元,其中来自民众个人的捐赠超过了80%。可见,美国慈善绝非只是企业和富豪的游戏,民众才是美国慈善业的主体与动力。美国除了有规范的法律与税收减免政策来激励民众对慈善的热情,更有保障慈善组织运行的约束机制。

美国对慈善机构的监管分为四层:一是政府的立法和监督。在美国大多数州,首席检察官对慈善机构进行监管,慈善机构需常规性地向其报告自己的业务及财务状况,如果慈善机构的董事无法完成职责,检察官还有权要求董事用私人财产赔偿损失。二是独立的第三方评估。在美国,较有影响的民间评估机构有全国慈善信息局、更好事务委员会等,并向公众发布测评结果,民众根据评估决定向某个基金会捐款,一旦测评数据过低,自然影响到基金会的生存。三是媒体和民众的监督。每个人都有对慈善捐款使用情况的知情权,媒体更不用说了。四是同行的互律。有各种行业协会和联合会,来制定一个共同遵守的行业规范。

很显然,正是美国慈善机构的民间性和独立性,促使了慈善机构透明、公开、高效地运行。在美国,即便是10美元的正规捐款,捐赠者也有权了解它的去向,否则慈善机构便需承担法律责任。正因为有规范的法律,才能真正保证慈善机构运行得让所有人放心。我国政府部门亟须反思的是自身在提供公共服务方面的局限性,只有这样,才能为民众和社会提供更多参与公共事务的机会,从立法上保证社会的多元治理,给慈善组织以充分的独立性和民间性。应当说,对当下的慈善危机来说,这才是真正的治本之举。

注:载《深圳特区报》2014年5月21日,原题《"守望相助"与慈善立法》。

也说"内圣外王"之道

"内圣外王"作为儒家一句醒目的口号被提出来,其实是在五四后。五四时,对儒家的批判有很多激烈之语,如吴虞在《新青年》发表的文章中就称"孔孟之道在六经,六经之精华在《满清律例》",把儒家思想与清末的腐朽体制简单地画上了等号,这其实是五四后的一种集体潜意识。面对这种社会思潮,如何简明扼要地归纳儒家思想成为学者的一个任务。

于是"内圣外王"作为儒家的一个核心价值,被学者明确提出来。梁启超在谈到儒家时认为"其学问最高目的,可以《庄子》'内圣外王'一语括之",他还认为"'内圣外王之道'一语包举中国学术之全体,其旨归在于内足以资修养而外足以经世"。

熊十力也提出"儒学总包内圣外王",他还依据《大学》,认为人以"修身"为本,"格物、致知、正心、诚意"便是"内圣","齐家、治国、平天下"则为"外王",而儒家学问的功夫便是"君子尊其身,而内外交修"。

"内圣外王"四字一般认为最早不是源自儒家,而是出自《庄子·天下》篇,谈的是治道之术,所谓"圣有所生,王有所成,皆原于一",但因天下大乱,百家竞出,于是"内圣外王"之道就不被后世认知了。可以说,"内圣外王"是古代哲人对世界的一个梦想,认为"人"与"道"在理想的状态下是可以合一的。

在《论语》中虽没有"内圣外王"这个说法,但在孔子的观念中,尧、舜所为就是"内圣外王"之道。《荀子》中为"圣王"下了定义:"圣也者,尽伦者也;王也者,尽制者也。两尽者,足为天下极矣。"意思是:所谓圣,就是精通了万物之理;所谓王,就是精通王者之制。这两者都精通了,便是天下人最高的境界了。《荀子》还认为,学者要以圣王为师,以圣王的制度为规则,通过效法他们的法规来研究纲纪,努力学习他们的为人之道。向这个方向努力的,就是士;接近的,就是君子;懂得了,就是圣人。

用今天的观点看,"圣王"关注的是个人的人格完成,这种完成既要有身心灵魂的修炼,也要参与社会,如此才能实现一个完整的自我。这是儒家对自我人格的一种建构,认为个人的完成并不能脱离群体,它强调入世的人文精神,强调对现实政治的参与。可以说,"圣王"既是对理想人格的呼唤,也是对王者的一种限制,它暗含了要想获得王者权力,必须接受民众所要求的道德、责任,这为民众批判执政者提供了哲学基础。

然而此后批判"内圣外王"的学者,多把"内圣""外王"看作因果关系,认为儒家的目的便是由"内圣"到"外王",并将"内圣"看作"外王"的前提,将"外王"看作"内圣"的目的,这是失之偏颇的。圣人和王者,在古人看来是最高人格在内、外的体现者,是人们效法的榜样。儒家认为最高的理想就是"内圣"和

"外王"统一,但二者并无因果关系,所以才会出现知内不知外或知王不知圣之士。

一旦把"内圣"与"外王"看作因果关系,就有把个人道德与政治理想混为一谈的嫌疑,这也是"内圣外王"观常被外界批判的原因。人们误认为儒家是泛道德的,并认为儒家把社会政治问题寄托于个人道德修养,多半是源于对"内圣外王"的误解。但把"内圣""外王"看作并列关系,就不存在这个矛盾了。"内圣"不必"外王",而"外王"也不一定"内圣",但如果能既"内圣"而又"外王",我想,没人会反对。其实"内圣外王"观最重要的哲学价值是:解决了个人人格的自我完善问题,使个人不需依赖神或上帝的恩宠,就能实现一个真我。

注:载《河北青年报》2009 年 5 月 11 日。

第三辑 历史的蒸馏

庙会的民间信仰

元宵节一过,年味儿便远了。这几年春节,关于各地庙会的新闻很多。只是庙会在今人的印象中,只有攒动的人头和杂货小吃的叫卖,早已没了传说的神采。庙会之所以还受各地政府和某些人的青睐,因为他们或把庙会看作了春节的政绩工程,或把摊位费看作了敛财的手段,要的是一个名头和繁华的表象。至于什么是庙会的精髓,关心的人却很少。

"庙会"这两个字,已道明了它的由来。"庙"在前,"会"在后,无庙不成会。庙会源于宗庙祭祀,《礼记》中说"八蜡以祀四方","八蜡"便是周代的祭祀名。八蜡的祭祀对象有八种:神农、后稷、城隍、堤岸等,甚至包括猫和虎。为何要祭猫神和虎神呢?《礼记》中有解释,是因为古时讲求有恩必报,猫吃田鼠,虎吃野猪,自然要通过祭祀来迎接猫神和虎神。我国以农立国,祭祀社稷神自然成了官方和民间的普遍行为。官方祭祀社稷神仪式繁多,场面庄重,所献乐舞多为雅乐。到了民间,祭祀则成了另一种景象,虽然也模仿官方,但总的来说形式灵活得多,所献乐舞也以百姓喜爱的俗曲杂戏为主。鲁迅写过一篇《社戏》,说的就是民间的这种社祭。

在中国文化传统中,庙会和崇神是一体的。汉及唐宋时期,由于佛、道二教兴盛,庙会出现了多元化。佛、道二教的宗教庆典日,为招徕信众,也开始兴办庙会。除了民间的各类会社、宗族因民间信仰主办的庙会外,这类庙会渐成主体。在中国的传统生活中,庙会地位很高,是一种非常重要的精神与信仰活动。在很多地方,几乎每个月都有庙会,各个庙会敬奉的神灵也完全不同。儒、释、道的很多理念,都是通过庙会传达给民众的。

信仰都要通过一定的仪式来体现和完成,庙会则是中国民间信仰最重要的仪式与庆典。今天电视中所谓的庙会,在过去只能称为集市,或最多称为庙市。庙会的前提是要有祭祀的神灵,庙宇或庙棚有祭品、供桌、香火等,有相应的组织和信众。在庙会前期,一定有祭祀、许愿、唱诵等一些行为或言语以及为求福祉避祸患的祈祷,来达到与神灵的沟通。庙会首先是一种信仰实践,在举行了一系列祭祀活动后才会有乐舞、戏曲的表演,其目的也是娱神。除祭品外,乐舞、戏曲也成为民众供奉给神灵的礼物。可以说,中国古代社会民众的精神生活、道德价值、社会空间、审美娱乐等,包括与天地神灵的关系,都与庙会相关。

庙会作为一种纯粹的民间行为,有三个构成要素。一是要有以祭神为主体的信仰活动,这是庙会存在的基础。中国传统宗教非常庞杂,所信奉的神灵也多种多样,既有自然神、人格神、社会神,也有行业神或传说中的人物。佛、道二教的诸神,也常会被世俗化而进入民间信仰中。这使得各地庙会的内容和形式完全不同。与佛、道二教有关的庙会自不必说,也有供奉龙王、土地、城隍、关帝、财神、禹王、圣母、二郎神的庙会。但无论什么庙会,祭祀神灵、祈福还愿都是主旨。比如顾颉刚考察过的著名的妙峰山庙会,它的崇拜神是碧霞元君,传说中她是东岳大帝的女儿。虽然她地位比东岳大帝低,但她的"灵验"使她的香火异常旺盛。

二是庙会要对所有人开放,无论你有什么信仰,都可自由参与其中。像炎黄祭典、家族祭拜、只向信众开放的宗教法事等,就不能算作庙会。在庙会中,各种乐舞、戏曲的娱乐节目,虽然主要是为了娱神,但也有教化民众的目的。可以说,庙会是中国传统文化塑造民众信仰和道德的一个重要载体,它的精神凝聚力才是庙会的价值所在。各种宗教和民间组织,都把庙会看作培养民众价值观的一个主要场所。庙会在中国人心目中,像是神圣与世俗的一次狂欢。比如过去很多地方的庙会有演"关公戏"的习俗,其中除了有被邪逐疫、除祟禳鬼的寓意外,还有在民众中传播关公信与义的功能。

三是庙会是一种完全公益性的活动,庙会的组织者是相应的民间组织。不同的庙会依托的对象不同,有的是寺庙、道观等宗教组织,有的是行会、公所等民间组织,也有两者通力合作的。过去再大牌的戏剧演员,如果在庙会演出,也是公益性的,不收演出费。所以庙会的本质是精神的、文化的,是一种有信仰色彩的民众集会,而非商业的、物质的。商会、行会或一些乡绅把举办庙会看作造福一方民众的善举,会主动捐出善款。

《礼记》中说得清楚，祭礼并不是什么外在事物使人们这么做的，而是出自人们的内心。内心怀念逝去的祖先和亲人，表现出来后，就是祭礼。因此，只有贤德的人才能透彻了解祭礼的意义。贤德的人举行祭礼，必然受福。这个"福"，并不是世俗所谓的福。福就是备，备是百事顺利的意思。无所不顺称为备，就是说对内能尽自己的心意，对外能完全顺从天道。因此贤者的祭祀只是想表达自己的诚信和忠敬之心，用器物供奉，依礼而行，以乐慰藉，合乎时节地进献洁净祭品，如此而已，并不求神灵给自己什么佑助，降什么福祉。

中国传统文化认为，人的生命虽然受之于父母，但从根本上说是来自一种生生不息的神圣力量，这种力量就是天命。人是天命在世间的见证，有一种神圣的终极性。所以中国人在思考人生最高理想时，总是以天地万物为参照，这种天命观不仅超越人世，甚至超越了宇宙间的万物，有了终极关怀的意味。人有了这种终极关怀，才能获得一种崇高的使命感。所以民间的各种祭礼，就是让人用这种情怀来观照天地万物、祖先生命，并与之融为一体。当人以敬畏的精神来进行祭礼时，不仅扩展了人的内在世界，而且也能使人超越外在的山河自然，而达到与万物共生的境界。祭礼不仅有对天命和祖先的敬重，更有着无穷无尽的发展自我的力量。

在中国传统社会，庙会是异常繁盛的，所谓"无地无神、无神无庙、无庙无会"绝非夸饰之语。可以说，中国民众也把这种有精神和信仰内涵、有一定仪式感的民众集会，看成了一种心理需求。在没有宗教基础的中国,庙会不仅能使民众将平时被世俗社会压抑的情感释放出来,让人们的心灵得到慰藉,也让民众完成了对神圣世界的一次景仰,感受到生命意识的升华。由于多数民间信仰都以劝善惩恶为主旨,与社会的主流道德观并没有什么矛盾,所以在任何朝代都能得到政府的支持。顾颉刚把庙会看作中国"民众信仰力和组织力"的体现,正是这种质朴的民间宗教样式,陪伴了中国人几千年。圣俗同体、神圣欢乐,才是庙会真正的魅力所在。

注:载《南方日报》2010 年 3 月 10 日。

历史是不证自明的真理

中国人对历史的尊重,从《左传》中的一个故事可以看出。战国时,齐国国相崔杼杀了国君齐庄公,当年史官称太史,太史记下了"崔杼弑其君",崔杼大怒,杀了太史。史官是世袭制,兄死弟及,太史的弟弟接替职位后,记下的仍是哥哥写的那几个字,崔杼便把老二也杀了。老三来后,依旧照实书写,崔杼气急败坏道:"天下竟有如此不怕死的人!你不知道你的哥哥们都被杀了吗?"老三说:"太史只怕写的历史不真实,不怕杀头。"于是崔杼把老三也杀了。等到老四来,他记下的还是"崔杼弑其君",并对崔杼说:"杀人只能表明你的残暴,我不写,天下人也会写,你杀再多的人,也改变不了这个事实。"说完,他准备引颈受戮。崔杼这时杀人杀得手软了,只好把老四放了。在路上,这位新任太史遇到南史氏,南史氏说:"我以为你们兄弟都被杀死了,担心没人如实记载这件事,所以赶紧拿着书简来了。"新任太史把记录的竹简给他看,南史氏这才放心离去。

这是一个让人唏嘘不已的故事,但由此能掂量出历史在中国人心中的分量。古人传说黄帝的史官仓颉是汉字的创造者,其实想表达的就是历史在中国文化中的核心地位。汉代以后"隔代修史"的传统,更是使中国成为世界上历史保存得最为连续而完整的国家。

孔子说"述而不作,信而好古",他编订的《春秋》不仅被视为中国第一部权威史书,更成为儒家思想的经典。历史从孔子开始,不仅体现了对历史史实的尊重,更表现为一种对历史自身的反省和批判。治史就是治道,明史就是明道,"史"与"道"在孔子的观念中是不可分的。一方面要完全尊重已发生的历史事实和记录,另一方面要通过对真实历史的呈现来完成对历史和现实的批判,这一直是儒家所秉持的历史观,所以孟子说"孔子作《春秋》而乱臣贼子惧"。与西方看待历史的方式不同,儒家认为并没有一个超越历史的观念或研究方法,历史自身即是历史精神的最高体现。所以中国历代史家或儒家学者都把历史视作最高真理,可以为历史而杀身成仁,体现的就是这种对历史的自觉精神,这使得儒家文化一直承载着对历史的使命。

司马迁是中国第一位真正意义上的史学家,他作《史记》秉承的也是孔子编订《春秋》的精神。司马迁因替被匈奴所俘的李陵说了几句好话,令汉武帝大怒,被送进监狱处以宫刑。但他并没因遭此奇耻大辱便说假话,而是在痛苦中完成了《史记》的撰写工作。从《史记》中我们可以看到,司马迁对李陵事迹的记录仍是非常客观的,并没因为担心再次触怒君王而避开这段史实。《史记》之后,司马迁所说的"究天人之际,通古今之变"也成为史家们所尊崇的历史观。历代大儒都非常注重修史,把

"史学、史识、史才、史德"视作史家必备的修养。

《易传》中说"观乎人文,以化成天下",这里的"人文"指的就是人事,这是自孔子之后中国史学的一个重要特征,即以人文为中心的历史观。治史的目的是考察人类的伦理与道德现象,所以以人本、人道、人性为中心来诠释历史。可以说"人"始终是中国历史的主体,这也是中国历史与西方史学不大相同的地方。

儒家向来把历史看作人类最重要的经验,也把历史看作一种不证自明的真理。正是这种独特的历史观,形成了后来"六经皆史""文史不分"等一些文化观。

注:载《河北青年报》2008年12月29日。

魏晋风度和浪漫精神

小时候我是把《世说新语》当传说看的。后来读到西方现代作家的一些事迹,会常常想到魏晋的名士之风,并不感到陌生。对于魏晋,钱穆有两句话最为中肯:"政治无出路,激起老庄个人思想的复活。但个人思想盛行,则政治更无出路。"魏晋名士的嗜酒嗑药也好,清谈远咏也罢,表面上风流放浪,骨子里却坚守着知识分子的人格。

鲁迅先生那篇著名的演讲,使魏晋成了一种"风度"。即便今天,也常有文人以魏晋名士的做派自诩,其实学到的不过是一些风情,离风度或风骨还差得很远。魏晋名人很多,但最值得一说的还是竹林七贤。这七人就像七棵参差的竹子,散立在岚气弥漫的历史深谷中,他们的姿态清峻超脱,风韵各不相同。

当年司马氏当政,由于其倡导私德,社会上流行藏头掩面的伪君子,再加上郭靖等提倡人伦,知识分子交往也变得讲究繁文缛节。阮籍的言论行迹,最早表现出了破除礼法的决心。他一直躲避做官,但因恰逢政权更迭,他的躲官反被人们视作有政治远见。司马昭时代,阮籍在山东东平做过 10 多天的官员,政绩是拆掉官衙隔墙,给官员们创造了一个公共办公空间,据说提高了办公效率。只干了 10 多天,他觉得东平任务已经完成,便骑驴回到了洛阳。后来虽说他干过步兵校尉,但据说他看重的却是兵营里的好酒。阮籍是典型的狂士做派,当年男女授受不亲,阮籍全不在意。邻居有少女早逝,阮籍并不认识,也上门哭得一塌糊涂。他不仅痛哭少女,嫂子走了他也来个十八里相送,反而让人怀疑起他们叔嫂间的清白来。隔壁酒坊有小媳妇貌美,阮籍便常去喝酒,醉了就睡在人家脚边,但人家的老公从不在意。

  当然阮籍最惊动世人的故事,是他听闻母亲死讯的表现。当时他正和人下棋,对方一听阮籍母亲离世,赶紧要求停棋。阮籍却不停手,脸色铁青,非得先决个输赢。下完棋,他要过酒杯,几斗酒下肚后,才放声大哭,随后开始吐血。母亲下葬,他也吃肉喝酒,完全不拘礼法,然而因内心悲伤,形销骨立。即便对吊唁的客人,他仍是青白眼相待,倒是对携酒挟琴到灵堂来的嵇康另眼相看。

  嵇康与阮籍的狂放不同,他是一个狷者。虽然他有"非汤武而薄周孔"的主张,但彻底弃绝仕途。他每日在树下打铁,但并非为了谋生,只是出于喜好。能有酒肉作为酬劳,是他最开心的事。嵇康和阮籍一样,长得都很帅,加上常年打铁,更是一个肌肉男。同是竹林七贤的向秀来看他时,也不说话,只是埋头帮他打铁。一日有个景仰他的贵公子来拜访他,宾从如云。哪知嵇康看到如此喧闹的场面,连招呼也不打,仍旧抡锤打铁,而向秀在一旁拉风箱。这位贵公子叫钟会,钟会也不言声,在一旁默默看他们打铁,看了很久,才驱车而去。钟会后来力劝司马昭杀掉嵇康,可能与此有关。据说嵇康手挥五弦弹了一曲《广陵散》,走向了刑场。

竹林七贤虽都好酒,但其他六人都比不过刘伶。刘伶天生异相,丑且憔悴,但他从不在意,个性非常张扬。他常驾车提壶,边游边饮,还让童子扛锹随行,称:"如果我喝死了,随便找一个地方把我埋了就行。"刘伶虽在官场,但行为异常不羁,常一丝不挂地在家饮酒。客人见此大骇,他却醉眼一翻,说:"我以天地为房,以屋宇为衣,你咋跑到我裤裆里来了?"

刘伶传世文字只有一篇《酒德颂》,讲的也是"以天地为一朝,万期为须臾"的自己,"行无辙迹,居无室庐","惟酒是务"。世界万物在他眼中不过是过眼烟云,他喜爱的只是酒中的"无思无虑,其乐陶陶"。

竹林七贤的这类故事太多,宋人叶梦得有句话说得好:"饮者未必剧饮,醉者未必真醉耳。"不过是因"时方艰难,惟托于酒",才可远避世故,以为保身之计。其实魏晋风度说到底就是对真性情的推崇。老庄对真性情的看重自不必说,儒家其实也是把真性情看作做人与做学问的基础。孔子思想中,"直道"是一个非常重要的概念,"直"就是要人展示真性情,冯友兰对"直"的解释是"内不以自欺,外不以欺人",是一种率性之道。《中庸》开篇说"天命之谓性,率性之谓道",认为率性之举体现的是对天道的敬畏,只有把外在天命转化为人内在的真实性情,才是真正的求道。"诚"在儒家看来是"直道"的原则,圣人不过是实现了"至诚"的人,怀有赤子之心,内心不受任何蒙蔽,展示出的始终是真实无妄的情感。所以孔子明确地说,与"谦谦君子"比起来,他宁愿和狂狷之士打交道,因为"狂者进取,狷者有所不为"。狂者一般性格外向,不拘一格,狂放激进,蔑俗轻规;而狷者多性格内向,清高自守,独善其身。这一张一弛的儒家风范,也成为历代大学者的追求。后人多误解孔子所说的意思,舍却狂狷,直接寻求什么"中行"之道。孔子所言"中行",并不是指狂狷之间还有一条中间道路,而是指进则进取,退可不为,时而狂时而狷,二者兼而有之的求道行为。

因为有了魏晋这个传统,历代推崇的文人多属狂狷之士,或者狂,或者狷,或者兼而有之。从善为"青白眼"的阮籍开始,到"我本楚狂人"的李白、"自笑狂夫老更狂"的杜甫,到"嗟我本狂直"的苏东坡、"遂为狂疾"的徐文长,再到"其心狂疾,其行率易"的李贽、"负尽狂名十五年"的龚自珍,等等,可以说历代很多著名学者都留下了或狂或狷的美名。牟宗三有个观点,很值得当代人思考,他认为狂狷之气,用今天的话来说,就是一种浪漫精神,对于中国人来说,更是一种生生不息的创造精神。

今天的知识界或文化界,缺的就是这种有浪漫或创造精神的狂狷之士。或者说,多的是那种貌似狂狷却只懂得谈风论月的所谓狂狷之士,而真正旷达超脱又铁骨铮铮的狂狷之士则非常之少。狂士再狂,狂的是对权贵官僚的不屑,狂的终究还是人格和学识。还是那句老话,狂狷之士肯定不是一只任人打扮的小兔子,没事让嫦娥姐姐抱抱,就可标榜出超脱浊世的风流。

注:载《时代商报》2012年4月13日。

儒家与欧洲民主的启蒙

说到17、18世纪的欧洲启蒙运动,很多人都熟悉,它的影响力绵延至今。按康德的观点,启蒙运动的重点是让人类摆脱了不成熟状态,这种不成熟主要表现在宗教事务上。此外,发现了人的尊严,人类学会用人的眼光看人。这场运动主张的道德与理性、自由和平等、民主与正义,为欧洲走向民主社会提供了思想与哲学上的基础。

这场震撼人心的运动,受过儒家思想的很大影响,学界对此屡有论述,但一般人似乎知道得很少。德国学者利奇温在论及中国与欧洲文化的接触时说:"孔子成了18世纪启蒙时代的保护神……也成为欧洲的兴趣中心。"而英国学者李约瑟则认为:"18世纪,学者……发现人性本善的观点在中国一向是被奉为正统的,而不是目为异端。正是这些发现为法国革命开辟了道路。"美国学者顾立雅更是得出了"中国哲学是法国革命的原动力之一"这样的结论。而启蒙运动中的一些大思想家,像伏尔泰、狄德罗、霍尔巴赫等人,其很多思想都与儒家有渊源,这早已成为学界公认的事实。

说起来遥远,欧洲人知道中国儒家,是从耶稣会士到中国传教开始的。利玛窦到北京后,看到中国以儒教立国,便开始从儒家经典中寻找儒家与基督教对话的切入点,以基督教义附会儒学,并提倡儒耶同质说。自他以后,大量耶稣会士来到中国,很多传教士开始向西方译介中国思想的经典著作。有学者统计过,17、18世纪在欧洲出版的与中国有关的书有700多种。在儒家方面,郭纳爵出版了《中国科学提要》,是《论语》《大学》合译;殷铎泽的《中国政治道德科学》,是《中庸》译本;1711年,《中国六经》以拉丁文出版,这是"四书"加上《孝经》《三字经》的新译。欧洲的思想家正是受到了这些书的影响。

当时最为推崇儒家思想的是伏尔泰,他在1760年的《礼俗论》中对中国文化极为推崇。在这部关于人类文化的历史书中,他把中国人放在了头等重要的位置。这对当时的欧洲人影响很大,中国人不仅被当时的欧洲人视为宽容的代表,更让他们发现了一个全新的道德世界。

伏尔泰在《哲学辞典》中说道:"我觉得应该好好思考一下孔夫子,对于他的国家的上古时代所做的见证。因为孔夫子绝不愿意说谎;他根本不做先知;他从来不说他有什么灵感;他也绝不宣扬一种新宗教;他更不借助于什么威望,他根本不奉承他那时代的当朝皇帝,甚至都不谈论他。"在另一处他说:"再说一遍,中国的儒教是令人钦佩的。毫无迷信,毫无荒诞不经的传说,更没有那种蔑视理性和自然的教条。"

值得关注的是,伏尔泰的很多思想与儒家确实体现出一致性。比如伏尔泰说"自然法就是令我们感到公正的本能",他认为这种本能是"天下的人"所普遍具有的。这些天赋人性的思想和儒家对良知良能的论述,包括人皆可以为尧、舜的思想,在哲理上是相通的。再如他说"试把全世界的儿童集合起来,你只能从他们身上发现纯洁、温良和胆怯……所以说,人之初,性本善",这种天赋人性本善的思想,则完全与孟子对人性本善的论述方式相同。伏尔泰还把孔子所说的"己所不欲,勿施于人",称为"人类的法典"。果然,法国《1793年宪法》的《人权宣言》在阐释自由时,就把此奉为道德上的原则。

至于霍尔巴赫,更是认为"欧洲政府必须以中国为模范",他主张的以道德理性取代宗教和以道德理性指导政治,更是儒家文化的基本特征。另一个思想家魁奈提出的"以自然秩序为人类所有立法,所有政治、经济及社会行动的最高准则",则来源于《中庸》所言"天命之谓性,率性之谓道,修道之谓教"。所以他说:"自然法则为人类立法的基础和人类行为的最高准则……这种制度是政府的基础,但对这种制度的必要,在所有的国家中,除中国外,都被忽视了。"在魁奈的评价中,儒家哲学是高于古希腊哲学的。

如果我们细致地分析启蒙运动,确实发现它的很多思想与儒家有渊源关系。包括法国大革命的标志《1793年宪法》的《人权宣言》中所宣称的"当政府违犯人民的权利时,对于人民及一部分人民而论,起义就是最神圣的权利和最不可缺少的义务"

一条,也是受到了孟子"臣视君如寇仇"及"诛独夫"等政治理论的影响。美国学者顾立雅认为,《人权宣言》至少在人性平等、自由的道德律和人民有权反抗暴政这三个方面,吸收了儒家思想。

注:载《北京青年报》2011年5月21日。

"托古改制"的画蛇添足

康有为写过一本书,叫《孔子改制考》。这本书中的一些言论,今天读来仍很有意思。比如他说:"尧舜为民主,为太平世,为人道之至,儒者举以为极者也。"又说:"孔子拨乱升平,托文王以行君主之仁政,尤注意太平,托尧舜以行民主之太平。"这两段话虽浅如白话,但仍得结合康有为的思想,才能读明白。康有为把社会分为"三世":"据乱世""升平世""太平世"。在他的观念中,"据乱世"就是君主专制,而"升平世"则为君主立宪制,到民主共和制才是真正的"太平世"。

康有为认为,孔子谈的尧舜之治,其实是指"太平世"的民主政治原则;而所说的文王之治,指的是"升平世"的君主立宪原则。在康有为看来,尧、舜是否真有其人并不重要,重要的是他们代表的政治理念,是要达到民主政治的"太平世"。春秋时代礼崩乐坏,诸子百家多把自己的政治理想假托为上古时已有的制度,来获得人们的认同。康有为甚至认为《诗》《书》《礼》《易》等"六经",都是孔子亲自撰写的,并非来自周公旧典。孔子这么做,不过是为了改革当时的社会制度。康有为说:"布衣改制,事大骇人,故不如与之先王,既不惊人,自可避祸。"就这样,康有为在《孔子改制考》中,把"述而不作"的孔子,一下子变成了"托古改制"的圣人。因为很简单,只有圣人的思想才能成为放之四海、历经百世的真理性价值。

一直说康有为"尊孔",其实他尊的不过是自己所阐释的孔子思想,他的目的仍然在于"托古改制"。在康有为看来,制度变革的前提是思想观念的变革,所以他要在孔学的旧瓶中,装入民主平等的新酒。他一方面想让儒家成为社会变革中的思想资源,另一方面也想借"儒教"来抗衡当时影响越来越大的基督教。于是他把孔子立为儒教的"教主",想借此复活一种中国式的宗教。但宗教的形成,显然不像康有为想的那么简单。宗教的神圣性并非通过几部著作就能完成的,它只有在特殊的历史际遇中才可能诞生。当把宗教当作某种政治工具时,等于已经消解了宗教的神圣性。康有为实用主义的目的,注定了他所倡导的儒教难以被世人所接受和理解。他把孔子立为全知全能的圣人,心中想的却是西方民主社会的模式。可以说,在康有为这里,宗教、文化、传统均被他的政治观所裹挟,他的诸多牵强附会的考据与解释,其实都是为了建立变法维新的历史合法性。这种方式不仅无助于建立孔子的神圣,反而对孔子的精神形象构成了一种伤害。

在他的设计中,立孔教也好,"托古改制"也罢,会给政治变法带来更多的合理性依据,甚至可以赢得保守知识分子的赞同。但实际情形恰恰相反,他对儒学的解释过于随意,对当时学人认可的很多史实均进行了颠覆,等于从根本上动摇了中国的文化传统,他的观点一提出来,反而招来当时很多知识分子的强烈反对。保守派视之为篡改儒学的叛逆而痛心疾首,一些进步知识分子也无法理解他所言,反而对他产生了疏远感。近来也有学者研究指出,康有为"托古改制"的思想在当时引来学术思想上新的分歧,不仅没有起到团结更多知识分子的作用,反而孤立了康有为自己。因为其学术的不严谨使得更多的人开始怀疑起康有为的变法动机,这等于给维新运动增添了新的阻碍。有人甚至认为,这是当年变法失败的重要原因之一。

钱穆在《中国近三百年学术史》一书中总结过:"故康氏之尊孔,并不以孔子之真相,乃自以为所震惊于西俗者尊之,特曰西俗者所有,孔子也有之而已。"从康有为"托古改制"遭遇的历史处境可看出,构建政治改革的框架,不能通过曲解历史真相与学术证据来完成。可以在中国传统中寻找现代社会所需要的思想和文化资源,但千万不能把它当作政治的工具,进行肆意歪曲。一旦把传统当作工具,结果只会颠覆传统真正的价值。所以有学者认为,康有为"三世说"在政治策略上,实属画蛇添足。

注:载《北京青年报》2011年8月20日,原题《从康有为"托古改制"谈起》。

顾颉刚的"颂歌"

没来由地想起顾颉刚作《九鼎铭》的故事。顾颉刚算是一位了得的历史学家了,不仅开创了"古史辨"学派,也被视为中国的历史地理学和民俗学的发轫者。他的学问功底不错,关于他的逸闻趣事也极多,但这个事件使他受到了很多同辈学者的嘲讽。

顾颉刚"古史辨"之始,便是与钱玄同讨论大禹,他认为"禹或是九鼎上铸的一种动物"。这个观点虽遭到当时史学界的讥笑,但他心中并未放弃,多年后他还在为"禹之为虫"寻找证据。既然"禹之为虫",那么关于大禹治水和禹铸九鼎的历史,也都是古代神话了。顾颉刚从这里展开了他"古史辨"的学术系统。

顾颉刚虽认为大禹铸九鼎只是民间传说,但自己此后却向蒋介石献了九鼎,真是有讽刺意味。过去此事多为传闻,前些年《顾颉刚日记》在台湾出版,才有学者解开其中原委。这个事情发生在1943年。当时英美政府放弃了在华治外法权并归还上海等租界,让当时民众很是振奋。而英美政府期望通过此举,来挽救蒋介石在国内的声望。

果然,这个新闻一出来,国民党中央党部下属全国大学暨工矿党部的部长朱家骅,就策划起了"铸九鼎呈献总裁"的活动。当时决定铸造铜鼎九座,献给蒋介石,式样由当时故宫博物院院长马衡主持设计,并邀请顾颉刚等撰写鼎铭。

顾颉刚日记中记明,初作的鼎铭是:"万邦协和,光华复旦。於维总裁,允文允武。亲仁善邻,罔或予侮。我士我工,载欣载舞。献兹九鼎,宝于万古。"

这些文字不仅俗气,而且尽现谄媚阿谀之态。鼎铭首句出自《尚书·尧典》,原文是"百姓昭明,协和万邦"。这里"百姓"为百官意,原意是只有百官能明辨善恶了,才能使天下万邦协和共处,表达了尧对百官的期望。但顾颉刚对调"协和"与"万邦"的顺序,就变成了现在时,似乎在说蒋介石已经使天下实现了和谐。至于"光华复旦",意为像日月之光普照天下。

第二句"於维总裁,允文允武",句式仿《诗经·周颂》里的《武》诗,原文是"於皇武王……允文文王……"。顾颉刚机巧地用"总裁"替代了"武王",然后给"总裁"加上了"允武"的能力。这里"允"是信和诚的意思,意为总裁能文能武,也可双关语为总裁乃是像文王和武王那样的圣王。铭文后面就比较白话了,总之都是拍马之语,什么"亲仁善邻""载欣载舞""宝于万古",不仅粗俗,而且逢迎之态毫不掩饰。

据学者考证,最终定稿铭文,在马衡坚持下,第一句改为

"协和万邦,以进大同"。因为这句是主题语,每个鼎上都有,改后显出了对未来的期盼意味。马衡是考古名家,他曾撰写《九鼎设计缘起》,申明废除不平等条约是国父孙中山首倡,更是举国军民艰苦抗日的结果,当然最后才是蒋总裁"领导"有功。这样的言辞肯定有违朱家骅力献九鼎歌颂"领袖""英明伟大"的初衷,但至少表明马衡还坚守了一点底线。

这种铭文发表,可想文化和学术界的反应。顾颉刚自己在日记中补记:"此文发表后,激起许多方面的批评,使予自惭。"又记道:"孟真谓予作九鼎铭,大受朋辈不满。寅恪诗中有'九鼎铭辞争颂德'语,比予于王莽时之献符命。诸君盖忘我之为公务员,使寅恪与我易地而处,能不为是乎!"这里孟真是傅斯年,寅恪是陈寅恪,这两人原是他的好友,皆有这番批评,可想当时其他批评者的态度了。

最有趣的是,顾颉刚虽然"自惭",但用自己"公务员"的身份来自我开脱,意思是人在官场,身不由己,只能作此阿谀奉承之语。顾颉刚那时做过国民党中央党部边疆处的官员,也算个局级干部了。据说顾颉刚一直有做"国师公"的"梦想",他首次见到蒋介石,连原来口吃的毛病也突然好了,在蒋介石面前侃侃而谈。顾颉刚作《九鼎铭》,有此失常表现,想来也和这个"梦想"有关。

或许因为有这个"梦想",顾颉刚和陈寅恪在知识分子的眼中,分量完全不同。如今献给蒋介石的这九鼎早已无影无踪,这个故事却一直还在民间流传。陈寅恪的诗算是给知识分子提了个醒,在你"九鼎铭辞争颂德"时,千万别忘了"百年粗粝总伤贫"的历史与现实。

注:载《河北青年报》2010年3月15日。

敦煌学的生命

说到敦煌，多数人关心的是莫高窟壁画，对那里曾藏有的大量经卷似乎并不在意。1900年左右，道士王圆箓在雇人清理窟中积沙时发现了藏经洞，也就是现在的17窟。王圆箓可以说是莫高窟最早的守护者，为保护莫高窟和这些经卷，他奉献了他的后半生。王圆箓想尽办法，试图让清朝官员重视这些经卷，但毫无结果，他只好凭一己之力保护这些经卷。那个年代王圆箓能有这个意识，是个奇迹。因为当年看过经卷的多位清朝官员，甚至包括藏书家和金石学家，对此都没有明确的保护意识。

一切或许都是天意。我们从王圆箓这个名字，能获得一种启示。"箓"的意思就是"天赐的神秘文书"，"圆箓"之意，可理解为使这些神秘文书获得一个圆满的结果。然而奇怪的是，直到今天，对这位敦煌经卷的发现者王圆箓，一直缺乏公正客观的评价。在这方面表现得最为无知的人当属余秋雨，他在《道士塔》中完全不顾史实，对王圆箓极尽贬损之词，什么"目光呆滞，畏畏缩缩""太卑微，太渺小，太愚昧"等等。我想，只要对敦煌学的历史进程略有了解的人，都不会对王圆箓做出这样的断语。

余秋雨这篇文章对公众了解敦煌学造成了极大的误解与障碍，只要一说起敦煌学，似乎就是文物的流失与索回，对这些文献与中国文化的价值与关联，几乎毫无认知。

藏经洞中发现的经卷和文书有 5 万多件，年代从十六国直到北宋，多为手写本的卷子和册页，也有少量的拓本和雕版印刷本。这些经卷中有佛典、道典、儒学及史学、文学、科技等方面的各种典籍，文字多为汉语，也有梵文和古藏文等。敦煌经卷中的儒家文献虽然较少，但很有学术价值。这些文献从六朝本、北朝本，到隋唐本和五代宋初本都有，比宋元善本要早得多。比如儒家的十三经，在敦煌经卷中即有九经——《周易》《尚书》《论语》《诗经》《礼记》《春秋左传》《春秋谷梁传》《孝经》《尔雅》，还有一些是与此相关的注疏义解的文献。在敦煌儒家文献中，除了一些史学类本子外，最具特色的是它的蒙训类文献，也就是当年的儿童启蒙教材，甚至保存了很多当年的学生作业。这对研究儒家的教育很有价值。

然而让人遗憾的是，直到今天，仍有很多中国学者把敦煌学看作和徽学一样的地方学，这是对敦煌学最大的误解。其实敦煌学从一开始就是一门国际性学术，是世界性的。因敦煌文物保存在英、法、俄、日等多个国家，因而很多国家都建立了稳定的敦煌学研究机构，有了可以传承的研究人员。这使敦煌学的治学方法一直保持着兼收并蓄、融汇中西的方式。而敦煌学涉及宗教、历史、地理、民族等多学科知识，所以研究敦煌学的学者也多是跨学界的。可以说，形成这样一种国际学术的局面，与道士王圆箓对藏经洞经卷的发现、保护和经卷的流散都有关联。这虽然是中国学术的一段"伤心史",但对敦煌学来说,未尝不是一件好事。

如今说起敦煌学,有一句流布甚广的话,叫"敦煌在中国,敦煌学在日本"。这大概代表了国际学界对敦煌学的认知。日本对敦煌学的研究,虽说和中国同时起步,但由于日本学者有资金资助,更易前往欧美收集敦煌资料,与欧美学者比起来汉学水平要高得多,所以成绩斐然。20世纪40年代前,日本的研究成果主要在对佛教佚经和禅宗的研究,以及对唐代社会、法律和敦煌寺院经济的研究方面。20世纪50年代后,日本的突出成就是,将敦煌学的研究,从经史子集及文学研究扩大到了对整个社会历史的研究,在法制史、宗教史、经济史、民族史等方面均有不俗的研究成果。迄今为止,在这些研究领域还没有哪一个国家的研究深度可与日本相比。80年代后,由于伦敦、巴黎、北京等各地经卷的公开,在日本也诞生了很多集大成式的研究著作。比如到1992年出版了9卷《讲座敦煌》和6卷本的《西域文化研究》,这是敦煌学研究的两座高峰。整个20世纪,日本在敦煌学领域一直是执牛耳者。

与学术研究相比,日本在对民众进行敦煌文化的传播和普及方面也做了大量的工作。日本前首相海部俊树说过一句话:"不到敦煌,就不算有文化。"这代表了很多日本民众对敦煌的认知。很多中国人可能无法理解,日本为何如此看重敦煌和敦煌学。在我看来,最主要的原因是文化寻源。我们知道,日本在公元 7 世纪发生的大化改新是一场中国化运动，当时的改革蓝本即是唐朝文化，此后 1000 多年间在日本有一种普遍的中国文化崇拜心理。敦煌在唐朝和五代时期是西域重镇，也是多民族文化交流的一个中心。宋元以后，由于种种原因敦煌渐趋荒凉，但因此保存了大量唐代的文献和文物，对日本作寻根式的历史文化研究来说，这是一个绝佳的历史现场。所以日本对敦煌学的研究，也是对自己文化源头的追溯与研究。

此外，敦煌文化不仅是华夏文明的一部分，作为丝绸之路的重要一站，敦煌融合了东西方各地区、各民族、各宗教的文明。可以说，敦煌对文化的这种开放与融合的态度，与日本从大化改新到明治维新的文化态度是不谋而合的。日本研究敦煌学还有一个目的，就是期望从这种兼收并蓄的文化和文明方式中获得启示。这也是日本一直对敦煌学保持着旺盛的研究激情的一个重要原因。当然，日本看重敦煌学，也和早年对中亚的政治和军事梦想有关。这从日本佛教宗派西本愿寺的精神领袖大谷光瑞，从 1902 年开始，前后历时 12 年组织的对中亚的数次探险就能看出来。大谷也是一位政治活动家，他的探险队虽然以追寻佛教遗迹、收集佛教经典为主要目的，但对中亚进行地理和人文了解是有一些政治目的的。

日本前首相竹下登有一句话，讲的是很多日本人的心里话："我们日本人之所以一听到'丝绸之路''敦煌''长安'这些词就激动不已，是因为这种文化至今仍强有力地活在日本人的心中。"从日本研究敦煌学的历史，就可看出日本人对文化的开放、包容和保护态度。在我看来,敦煌学形成这样的国际化局面,或许是历史的一种机缘。有一点可肯定,如同瑞典地理学家斯文·赫发现了楼兰古城的石破天惊,如果没有王圆箓的发现,敦煌学能否存在还是一个问题。所以,我认为对王圆箓的重新评价,对敦煌学和敦煌学的普及来说是一个首要问题,它代表了我们对敦煌学成为国际学术的一种态度。敦煌学在今天给人们的最大启示,就是当年敦煌文化的开放与包容。

注:载《北京青年报》2011年6月25日,原题《日本人为何看重敦煌学?》。

中国细节的复原

一部 100 万字的书,汇集了美国六大报刊对中国 100 年来重大历史事件的报道与评述。这些报刊多数人听了都会觉得耳熟,如《纽约时报》《时代》,如《华盛顿邮报》《纽约客》和《新闻周刊》。它们是怎么说中国的?它们是如何看待那些对中国人来说极其重要的历史时刻的?对喜爱历史的人,通过它,能换一个视角来重新观察那些重大事件。对不关心历史的人,它如同一部认知中国的历史小说,因为它有鲜活的细节,有让你觉得新奇的叙述口吻。这就是作家出版社新近出版的《中国时代 1900—2000》。

书中有很多妙趣横生的历史细节。比如说 1945 年毛泽东到重庆谈判,这是他第一次坐飞机,而飞机是蒋介石派出的。下飞机后,别人问他坐飞机的感受,毛泽东回答:"效率蛮高的嘛。"比如 1947 年 700 个大学生为抗议当时物价高涨,冲进了南京总统府,结果竟冲进政府的饭厅,把官员们的午饭一扫而光。像这些细节,以往历史书中很少出现,在这本书中却比比皆是。

翻阅这本书,会发现一个奇特的现象:在这 100 年里,美国人对中国的印象总是处在变化之中,每隔10多年就会出现一次波动,一会儿美好,一会儿黯淡,总是摇摆在两极之间。早有学者总结过,认为在美国人的想象中始终存在着矛盾的中国形象,有时它是丰衣足食、社会稳定、淳朴而美好的,有时它又是贫困、危险而混乱的。这种奇特的混合体,使得美国主流文化对中国形象的认知总是处在一种历史循环中,既充满了矛盾,又爱恨交织。

这本书不仅能让我们感知到美国人看待中国的方式,也会为我们研究自己的历史提供一种新视角。近几十年来,历史学发生了一个最深刻的变化,就是没有人再敢把某种单一的历史观,称作历史发展的主线了。对历史研究而言,那种只有一种权威说法的年代也在逝去。人们在用越来越多的方法和途径来接近历史,历史学的领域也被一再扩大。最明显的表现是,统一的宏大叙事开始退场,历史学呈现的是一种片段式的研究,关注的中心各不相同。

对历史的认知,是人类生活中非常重要的内容。只有通过历史,每个人才能从一个更为广大的人群中,找到自己的归属感和认同感,明白自我与他人的差异。在每个国家的文化定位中,历史都扮演着极为重要的角色,它直接关系到一个国家文化认同的最终形成。从任何角度说,一个国家如果缺乏或扭曲了对历史的记忆,都是一件悲哀的事。这也是近年来民间历史热形成的一个真正原因,民众需要从历史中找到自己心灵的归属与认同。一个生命,只有从统一而连续的精神长河中,才能真正发现自己在当下行动的价值。只有野蛮人不在意自己的历史，不在意发现自己在历史中的优势，这也是野蛮人野蛮的原因。

历史不仅是人们现在行动的参照，更是发现未来的坐标。对我们认知历史来说，一切历史材料都是重要的。无论这些历史材料多么间接和次要，对我们复原一段逝去的时光和精神，都有价值。人们在理解自己国家的历史时，往往会因为热爱，出现认知的偏差。人们总喜欢寻找历史中那些让人激动和骄傲的部分，故意忽略那些邪恶和苦难之处。虽然这种情感是自然的，但如果它使得我们偏离了对历史真相的发现和理解，这种情感就会造成对集体记忆的伤害。虽然它往往会顶着爱国主义的帽子，但仍然是真理的敌人。

无论是未来对中美关系的认知，还是对祖国历史的领悟和学习，我们都不能孤立与封闭自己，更不能视角单一。我们不仅要找到与世界历史相关联的方法，更需要不断地借用他国的眼光，来反观自己的历史。这样在辨别那些大是大非或大真大伪的历史问题时，才能更为客观，结论也会更经得起时间的推敲。从这个角度说，《中国时代1900—2000》对我们了解近百年的中国历史，做了一件极具探索价值的事。历史事件是无法重复的，各种视角的资料汇集得越多，各种类型的历史证据越充分，我们逼近历史真实的可能性也越大。历史的张力往往就存在于这种视角的差异中。我们对这种差异了解得越充分，对自身的把握也就越清晰。

我们可以盲目地热爱自己的祖国，但不能盲目地歌颂祖国的历史。对历史来说,曾经的灾难不是巧合,幸运同样不是从天而降的,我们多一份对它的认知,就会多一些对今天的理解。当人们不允许从多视角来澄清历史记忆时,往往意味着谎言和压制的开始,这时真理和真相便成为被扼杀的对象。恢复历史真相,也是一种行动,而且是一种悲壮而沉重的行动。这是我读《中国时代 1900—2000》最大的感受。

注:载《中国青年报》2009 年 11 月 7 日,原题《美国记忆中的中国细节》。

谈五四之"旧"

《新京报》推出的五四特刊的一些提法挺有新意，为公众理解五四提供了一些新线索。如陈平原说的五四对于我们"既是历史，也是现实"，谢泳的"五四周期率"，孙郁的"合理的文化生态"观，林贤治说的"文学如同历史一样，是可以倒退的"等，都为人们温习五四精神提供了新角度。

尤其许倬云访谈，在极简的篇幅里，为我们勾勒了一个反思五四的路线图。他对科学主义和科学精神的辨析，认为"科学如果没有人文精神作为辅助，将变成机械化的世界"，他对文言文知识流失的担忧，并称"中国传统对世界的未来来说最有用处的，就是我们的文化不以神为基础，而是以人为基础"，都展示了这个时代知识分子的人文情怀和对历史的责任感。相信他们的思考会像一个助产师那样，带动更多人对五四真精神、真价值的追寻。

100多年来关于五四运动的争论极多，但对这一重大事件的研究一直不够深入。狭义的五四运动已有共识，但广义的五四运动如何定义，学界至今没有一个相对一致的意见，总之指的是这一天的前后若干年中,发生在中国的一系列的文化、思想运动,也有学者认为包括社会和政治运动。关于五四运动时间跨度的认识也不统一,最早有从1915年《新青年》创刊算起的,最晚有算至1926年北伐的。胡适认为,五四运动主要指1917年文学革命到1923年科学与玄学论争这几年间发生的新思想运动。

《新京报》特刊关注的是五四之"新",新思潮、新文学、新科学、新教育、新国民等,这与五四"除旧布新"的历史目标是一脉相承的。对于"新"与"旧",五四有过多次争论,但当年多数人是把它们看作一个相互作用的整体。不仅章士钊有"新旧调和"论,李大钊也提出过新旧"并存同进"论,认为"新旧之质性本非绝异"。张之洞过去有个说法,认为只要新不要旧,很容易落个"旧者因噎而食废,新者歧多而羊亡"的结果。

细察胡适文献,他之所以坚称五四运动是中国的文艺复兴运动,还是为了表明他对旧的传统文化的态度,是革新,而不是摧毁。胡适谈到五四时说:"由于接触了新世界的科学与民主的文明,中国的人文主义与理性主义复活起来。"又说:"刮掉其表面,你便会发现,它的构成要素本质上是中国的根柢。"而后来"启蒙运动"的提法,注重的则是这场运动的政治意味。

人们提起五四,直观印象是它的"打倒孔家店"。然而,关于五四对传统文化的真实态度,人们似乎已探究得很少。五四运动前,构成中国人意义世界的主干是儒家文化。儒家有两大价值体系:一个是以"仁"为中心的人文主义精神,蕴含了人对生命价值和人格尊严的理解；一个是以"礼"为中心的宗法伦理，是一种外在的社会规范。儒家遭遇危机，主要是它强调等级尊卑、人格依附的宗法伦理，这对当时中国社会转型来说是个大问题。明清的儒家对此早有各种反思，"以理杀人"便是戴震提出的。在维新思潮中，康有为、梁启超等都对礼教的"三纲"之论作过批判，对儒家的大致态度是"存仁去礼"。

康有为提出，对于儒家"仁"的人文精神和"礼"的宗法伦理要区别对待。谭嗣同在《仁学》中将"仁"解释为平等、大同，而对礼教的"三纲"持否定态度，这成为后来五四批判儒家的一个思想源头。梁启超对儒学变革更有明确主张，他将儒家思想分为"道德"和"伦理"两大系统，认为道德的原则是亘古不变的，是一种永恒的价值，而社会伦理会随时势而变。比如君王或一夫多妻的伦理会随时代改变，但忠爱之类的道德古今是一样的。这种儒家改良论，成为五四彻底"打倒孔家店"的思想资源，却故意模糊和忽略了儒家"仁学"这一人文思想体系。

五四运动虽以"打倒孔家店"为目标，但攻击的还是儒家的礼教伦理，对"仁"的人文与道德价值少有触碰。他们的态度虽激进，但采取的策略无非是将"礼教"和"孔教"混为一体，避而不谈"仁学"这一价值体系所蕴含的人文精神。这种情绪化的批判方法被一代代误读，便成了否定儒家全部思想的理由。杜维明在言及五四时指出，五四知识分子之所以"用中国文化的糟粕和西方文化的精华进行比较，为的是寻出自己文化的劣根性"。所以他们会把娶妾、缠足、鸦片讽喻为"国粹"，把自私、愚昧、庸俗、陈腐等社会中的奴性心态概括为国民性,丑化中国文化还是为了强调重塑国民性的重要,虽然这么做有着把孩子连同洗澡水一起泼掉的嫌疑。

比如五四思想者虽然一直批判儒家的"三纲五常",但对"五常"的"仁义礼智信"少有批评。在林琴南指责北大"铲伦常"时,蔡元培还作过辩解,认为儒家的"五伦""五常",除君臣一伦不合时代了之外,其余诸伦与"五常"都有其道德价值。蔡元培还以自由、平等、博爱,来解释儒家的义、恕、仁。李大钊在谈到国民修养时有过同样的主张。胡适更是将孔子"己所不欲,勿施于人"的恕道,与康德的绝对律令相比。激进的陈独秀也主张对"三纲"伦理进行伦理和德行的区别,他认为:"同一忠孝节的行为,也有伦理的、情感的两种区别。情感的忠孝节,都是内省的、自然而然的、真纯的;伦理的忠孝节,有时是外铄的、不自然的、虚伪的。"陈独秀公开承认过儒家有普遍性的道德价值:"记者之非孔,非谓其温良恭俭让信义廉耻诸德及忠恕之道不足取;士若私淑孔子,立身行己,忠恕有耻,固不失为一乡之善士,记者敢不敬其为人?"

细细研究五四启蒙者的思想很有意思,其实他们大多在以儒家的价值观和理想批判儒家,体现的还是"修身、齐家、治国、平天下"这一儒家知识分子的精神,并不像西方知识分子那样强调对政治的远离。林毓生认为"那是一种中国知识分子特有的入世使命感。这种使命感是直接上承儒家思想所呈现'先天下之忧而忧,后天下之乐而乐'与'家事、国事、天下事,事事关心'的精神"。

五四对传统文化的另一个态度,是胡适提出的"整理国故"。1919年年底,胡适发表文章,将"新思潮"归纳为研究问题、输入学理、整理国故、再造文明四种任务。他明确主张"整理国故",认为"整理就是从乱七八糟里面寻出一个条理脉络来,从无头无脑里面寻出一个前因后果来,从胡说谬解里面寻出一个真意义来,从武断迷信里面寻出一个真价值来"。很显然,胡适把"整理国故"看作新文化运动的一个重要部分。

1923年,胡适在《国学季刊》发刊宣言中又提出"整理国故"的三原则——历史的眼光、系统的整理、比较的研究,并呼吁:"我们现在要扩充国学的领域,包括上下三四千年的过去文化,打破一切的门户成见:拿历史的眼光来整统一切,认清了'国故学'的使命是整理中国一切文化历史,便可以把一切狭陋的门户之见都扫空了。"在这一思潮带动下,梁启超对中国史学、古代政治思想史的研究,顾颉刚等倡导的民俗和"古史辨",都成为那个时代非常重要的学术成果。"整理国故"不仅打破了中国传统学术的"四部"分类,普及了"经子平等""雅俗平等"等学术观念,其实它对中国传统文化的辨析和思考,在今天看来仍有重要的参考价值。

他们在激进反孔的同时,对儒家仁学的人文精神和人生理念采取的多是一种认同的姿态。杜维明认为五四运动"其结果对孔孟之道的精义不无厘清的积极作用",它"破坏和扫除儒家的僵化部分的躯壳的细枝末节及束缚个性的传统腐化部分。它并没有打倒孔孟的真精神、真意思、真学术,反而因其洗刷扫除的功夫,使得孔孟程朱的真面目更是显露出来"。

那么五四运动为何会给大家留下全盘否定儒家的印象呢?这和袁世凯、张勋当年利用儒教搞复辟有关。在检省五四对儒家的激进时,陈独秀曾说过这样一番话,很有意味:"譬如货物买卖,讨价十元,还价三元,最后的结果是五元……社会进化上的惰性作用也是如此,改革的主张十分,社会的惰性当初只能承认五分,自然的结果只有二分五。"原来,表现出激进的姿态,是为了让当年儒家知识分子有讨价还价的余地。

注:载《新京报》2009 年 5 月 6 日。

逃难者的天堂

有些逃难者的文字，值得细读，如索尔仁尼琴。特殊处境给人心带来的冲击，会让一个人变得谦卑而敏锐，其笔下文字自然也景象大异。一个让逃难者感到天地清安、志气不坠的地方，总有它的魅力和神秘所在。当绿茶策划"六根故乡行"温州行时，我满怀期待，确有探究的好奇。

有了这个愿望，当接近温州城时，我的感受竟和张爱玲初到温州的感受有几分相仿："这温州城就像含有宝珠在放光。"我对温州好像也有了回忆，眼前密集的牌坊状高楼虽与想象的大不相同，仍觉一切皆可亲近。等到与温州朋友周吉敏、孙良好、方韶毅、阿头、阿富、黄崇森、张耀辉等相处几日后，觉得他们质朴纯真，把人世的有常看得肯定，令人心生敬重。

到温州的当晚，去南塘河边散步，河上的拱桥饰有灯光，远远望去，与水中倒影一起，幻化成一个巨大的发光唇形，像在对岸边的榕树、垂柳诉说什么。步行至一棵大榕树下，树下立有一块新刻的石碑，上刻"南塘龙巷"四字。不远处，贴地有一小石碑，上写"山水诗发祥地"几个小字。

大概是这几个字,让我想起一个温州著名的"囚犯"谢灵运。谢灵运出身于门阀士族,少时便承袭康乐公。刘宋代晋后,他被降爵为侯,贬为永嘉太守,到温州也属逃难,心境和胡兰成差不多。所谓太守之职,不过是囚禁他的牢笼,从他不断称病隐居、四处游历即可看出。谢灵运在离开永嘉 10 年后,以叛逆罪被杀,死时才 49 岁。

说温州是逃难者的天堂,并不为过。山海稠叠、风物幽美的永嘉山水,不仅抚慰了谢灵运这位逃难者的心,也使他成为这片山水的发现者。舞文弄墨者多有一种野心,要用最短的篇章,表现眼前的千山万水,岁月在这种作品面前也显得无能为力。温州那片波动影摇的山水,对逃难者来说,就变成了有血肉的生灵。谢灵运把对诗意的发现、对苦难的体悟,变成了对永嘉山水的发现和诉说,他试图说出那片山水中未知的部分。永嘉山水在他的笔下,改变了过去的面目。

宦游山水能成为后世文人的经典行为,谢灵运功莫大焉。元好问推崇谢灵运,认为谢诗高古,如清庙之瑟,如朱弦一拂,唱叹一声千古回响,所以他说"谢客风容映古今",究其因,"却是当年寂寞心"。一个逃难与失意者,不得不从山水中寻求慰藉。永嘉之地,自汉武帝两次迁移东瓯之民至江淮后,文化衰落。谢灵运永嘉之游就像一个奇迹,不仅唤醒了这里的山水,也唤醒了这里的文化。一个诗人的创作,改变了一方水土,也改变了人们对一方水土的认知。自此,永嘉作为地域文化的经典,被转述,被传颂,在中国文化史上可谓首例。虽然谢氏山水诗,也是当时士族文化与晋室南渡的文化成果,但温州从此成为诗人心中的圣地。

到温州的第二天上午,我们登上了江心屿——瓯江中游的小岛。江水在入海口处特别浑浊。屿上有东西双塔,景观独特,有江心寺、浩然楼等。因谢灵运、孟浩然等都登过孤屿,留有诗句,江心屿也称"诗之岛"。据当地人说,李白、杜甫也来过江心屿,为孤屿写过诗。查了些资料,觉得可能性不大。在唐代,谢灵运的永嘉事迹是诗人们追忆、咏怀的对象,谢诗中的名句"乱流趋正绝,孤屿媚中川。云日相辉映,空水共澄鲜",早已成为当时诗人吟咏的事典。所以李白有"康乐上官去,永嘉游石门。江亭有孤屿,千载迹犹存"的诗句,杜甫吟诵的"孤屿"则是送朋友裴虬赴永嘉县尉的:"孤屿亭何处?天涯水气中。……隐吏逢梅福,看山忆谢公。"

谢灵运使永嘉成为诗人心中的山水圣地。李白曾写过一诗赠王屋山人魏万,说的就是魏万从会稽一路游至天台、四明,因思"谢客风容",无惧海路之远,由台州渡海入温州。李白写道:"忽然思永嘉,不惮海路赊。挂席历海峤,回瞻赤城霞。赤城渐微没,孤屿前峣兀。水续万古流,亭空千霜月。"对于没来过温州的诗人,谢灵运的永嘉诗,几乎成为当地的旅游指南。外界对温州的想象,也几乎全部来自谢灵运的永嘉山水诗。谢灵运的永嘉游,在后代诗人眼中代表了温州文化。可惜这次来时行程已定,未能去永嘉山水之源楠溪江上一游,对谢灵运写到的绿嶂山、石门等景观,均未领略。

谢灵运的狂傲是有名的,他独服曹子建,认为天下文才如有一石,逝去的曹植占有八斗,自己独占一斗,剩下的一斗只能让天下人共分。他视自己为东晋士族精神理所应当的继承者。有这种王者视野,他的诗虽对山水穷探精微,但也弥漫着一股傲然高蹈的孤愤之气。他的诗中多是这样的字句:"安排徒空言,幽独赖鸣琴。""不惜去人远,但恨莫与同。孤游非情叹,赏废理谁通?"他背负着祖先的荣耀和屈辱,从山水风光中,看到的却是自己心中的深哀剧痛。

谢灵运在逃难中仍高蹈睨世,但建功无门。他的绝望是大梦醒来,无处可去却又心有不甘的绝望,只能醉心山水。谢灵运虽在山水中,却做不到平心澄怀,他的宦游是被迫的,是不甘的,所以用字往往晦涩,布局也略显板滞。但正因这种状态,谢灵运的诗成为后世失意文人最为常见的寄托。

谢灵运临刑前,留下了"恨我君子志,不获岩上泯"的绝命词。这是他的怅恨与苦痛,也是他献给自由的最后挽歌。温州的山水,自谢灵运后,就染上了这种孤愤之气。没想到近1600年后,我来到温州,心境与谢灵运是一样的,仍不合时宜,仍心有不甘,绝望也像谢客大梦醒来的绝望,就像一个逃难者,发出的叹息也如谢灵运一般:"惜无同怀客,共登青云梯。"冥冥之中,似是天意。

我虽然没有到温州"逃难"的心,这次"六根故乡行"的主人绿茶却动了返乡的念头,正考虑以什么方式返乡。来温州的第三天,我们一大早就赶到了绿茶出生地——平阳鳌江塘外村。

这个小村只有 20 多户人家,绿茶的童年是在这儿度过的。他的旧居是当时村中豪宅,大家称为"七间楼",七个开间联排的二层小楼。20 世纪 80 年代初,能盖这种楼房,说明绿茶家道殷实。村旁是通向大海的河道,如今河中停着渔船,河水浑浊。七间楼前曾有大片稻田,如今已田园荒芜,显出了乡村的衰落。据绿茶说,儿时这里特别兴旺,他常与小伙伴们在江边捞鱼钓虾抓螃蟹。河中水闸一旦开启,就是他们的节日,各种河鱼会从水中跃起,虾蟹满河。

在温州的交流活动上,绿茶屡次谈到他与故乡的精神纠缠。我在一篇文章中写过,在文人眼中,"故乡意味着一种消亡,也是不可复制的保存,那曾有过的温暖与饥寒、欢笑和泪水,永远留存在那里。远游或回归,其实都无法越过那道记忆的鸿沟",所以文人会用语词保留一些碎片,并循着这点滴的线索,把自己引向往昔,让精神回到故乡。从绿茶的讲述中,我听出在绿茶的头脑中,故乡和往昔就像同一个词,既是让语词凝聚成形的力量,也是一种令精神重获滋润的源泉。故乡,有时确可让人复活。

过去人们说起温州,有"东南邹鲁"之称,山以雁荡为佳,水以楠溪为妙。因这两个地方都没去,温州山水给我冲击最大的,倒是它早年的工业遗址景观。

在泽雅纸山,满山遍野的竹林,村中房屋多用形状不规则的石块砌成,像生长在山间。房屋之间的平地,有连片的石砌水坑,用来发酵造纸原料,这里的造纸业仍使用最古老的工艺;在矾山的福德弯老街上,大量的老屋用矿石垒成,走在矿洞、高炉和老屋之间,真有来到美国西部小镇的感觉,能想象当年矿工满街时,当地的繁华与喧闹。

写这篇文章,最初是想写一写这些独特的手工业景观给永嘉山水带来的改变与产生的价值,无奈写时前戏太长,又交稿在即,只好一笔带过。

第四辑　智识的张力

给荒原以自由

　　记得去香格里拉的情景,当走进普达措国家公园时,我被这儿梦幻般纯净的景色震撼了。大山环抱的湖泊像深邃的明镜,映着树木和远山幽蓝的倒影,不时能看到浸在水中的枯树,头顶是绿意盎然的新芽嫩叶。天空湛蓝得有些不真实,空气清爽得让人忘乎所以,大朵大朵的白云装点着这原始的人间仙境。

　　人们在木质栈道上漫步,身边杉树上挂满了"树胡子"。这灰白的絮状物叫松萝,对生存环境要求极高,树上挂满松萝,表明这里足够洁净。再向公园里面走去,可看到水草丰美的草原,零星的牦牛散落在草场上,闲静地吃着青草。森林、远山、草原、牛马、溪流、野花……这一切让我仿佛来到了一个静谧的史前世界。

　　普达措国家公园是中国第一个由国家林业局审批的国家公园,在滇西北"三江并流"世界自然遗产的中心地带。这里不仅有高山、湖泊、河流、小溪,更有茂盛的森林和草甸。这种地貌的多样性使这里的生物和生态景观极为丰富,至今仍保存有完整的原始森林和湿地的生态系统。因海拔在 3700 米以上，这里受到人类的侵扰极少，展现出一种原始的荒原之美。对我来说，这是一趟不同寻常的旅行，因为普达措震撼我的是一种陌生的价值。这价值不仅是过去人们常说的审美、旅游价值或经济、科学价值，而且是大自然与生俱来的生命价值。

只有在这片极少被人类染指的地方，你才能感受到大自然秩序本身才是人类应当信奉的最高价值。它的壮美、它的平衡、它的多样与统一，是任何语言和科学都无法超越的。这里的杉树、栎树用优雅的风姿，砂岩和硅质岩用斑驳的色彩，松萝和杉树用奇异的共生关系，都在呼唤你重新评价自己对自然和文化的认知。

这也是一次让人心绪不宁的旅行，你只有置身在这绝美的环境中，才会明白人类一路跌跌撞撞地走来，对自然有着多少充满了谬误的认知和评价。只有面对这片野性的天地时，你才会真正明白，这种认知是多么荒唐和短视，充满了对大自然生命价值本身的漠视。

在中国土地上，这样的荒原——未被人类染指又植被丰富的荒原——越来越少。但越来越多的国家开始认识到这些荒原的价值。这也是各国国家森林和国家公园的由来，目的就是给予这些荒原以自由，让它们自由地生长和循环，不受人类的利用和干涉。荒原正是这样一种奇异的地方，这里似乎有永恒的时间，有生命最原初的动力，在这里人类唯一能做的就是反省自己的文化参照系。在今天的世界文明中,这种观点开始赢得越来越多的人的认同——检验一种文化是否完美,不是看它能否把所有的自然用来消费,而是看它能否明智地保护这些荒原的价值。只有懂得欣赏这种作为生命之源的荒原,才是一种真正完美的文化。

在中国的传统文化中,曾经有这种超越性的智慧——儒家所说的"天人合一"和道家所说的"道法自然",一个共同的特征就是把自然生态的平衡,作为人类追求的终极价值。所以《易》说"天地之大德曰生",《中庸》说"万物并育而不相害",强调的都是人与自然万物具有平等的价值。在这种观念中,大自然有独立的价值体系,并非作为人类征服的对象而存在。自然秩序的演进不仅被看成是一种永恒的生命创造过程,也意味着在创造一种共同的生命价值。所有生命本于一源,生于同根,如同一个大家庭的不同成员,人们要像爱护自己的生命一样尊重天地万物。自然平衡是一切价值的基础,要时时意识到人类不过是诸多生物中的一种。只有实现了人与物的共存而不相害,才达到人类生存的一种理想境界。朱熹说"与天地万物上下同流,各得其所之妙",指的就是这种境界。

这种"天人合一"的文化不只是一种理性认知,更是一种关于生命的情感体验。人类只有从情感上领悟和热爱自然,才能真正理解"万物一体"是一种对自然的感恩情怀。如今人类对生态环境,采取的多是一种功利主义态度,即使要保护环境,也是从保护人类自身的角度出发。但中国传统文化并非如此,这理应成为我们反思现代文明的重要思想资源。这些思想中蕴含着一种生态良知,即把征服自然的观念,转变为对自然的顺从与尊重。因为道理很简单,科技再强大,人也无法离开自然延续自身的存在。人类本身无法产生任何能量与物质,再高的科技,也不过是对自然界能量和物质的转化。也就是说,要重建生态良知,首先要改变的就是过去以人类为中心的价值认知,而把自然生态看作世界的中心。做任何事、造任何物,只有当它能保持自然与生物共同体的平衡、完整与稳定时,才会被我们选择;否则,就应当被我们否定。

只有在面对香格里拉这片充满原始野性的荒原时,你才能真正明白,我们需要的生态良知,是一种文化和思维方式的转变。也就是说,要把大自然的生命价值看作人类的最高价值,我们不仅需要关于大自然的知识、审美和伦理教育,而且要从生命的本源来认知自然。理解到生命的本质,必须首先依赖大自然存在的生命系统。如冯承平在《领航》中所言,要时时发问:"是谁的声音催发生机响彻宇宙?"而当下流行的很多观点,多把人类与自然分裂成两个对立的领域,只承认自己的生命价值,而把其他的自然物看作人类可以随意征服的客体。这种文化和思维方式显然已行不通,更难带来中国人在生态伦理上的转变。

这种新的生态良知,会更看重生命所具有的共同的内在价值,把人类等各种物种看作一种互相依存的生命共同体。自然和荒原不仅对人类有环境价值,对其他物种也具有同样的价值。过去人们论及公正分配,往往只着眼于人类社会,现在更需把这种自然资源公正地分配给天地万物。因为若不实现这种分配的公正,真正伤害到的将是人类生命的未来安全。所以,在这种新的文化和思维方式中,人类不仅关注社会伦理,而且必须时刻关注身边的生态伦理。

这种新的生态良知,会重新反省工业文明所带来的对物欲的盲目追求。它强调节制,通过对人类发展和增长的自我限制来保护生态环境。它以保护自然为第一原则,放弃任何不计环境成本的经济方式,从而实现人类与自然的共同受益。只有真正从自然和荒原中体验到一种信仰的快乐,懂得从自然的怀抱领悟生命的壮美,人们才会放弃可怜的物欲,去追寻一种更为自由、脱俗的属于生命的本质享受。这种良知表现在日常生活中,讲求的就是简单、节俭与适度消费。

可以说,只有文化和思维方式的转变,才可能使每一位公民都把对自然的文化素养落实到现实和生活中,才能带来社会整体的改变。这种良知的培养不能只依靠少数精英,而要把它看作所有公民共同的事业。只有法律和制度能确保民众有参与这种新生态文化的合法与有效渠道了,才能真正推动文化和思维方式的转变。有了这种转变,民众才会主动产生保护自己所赖以生存的环境的意愿,从而对影响自己健康的各种环境损害,提出恢复或补偿的正义要求,这样才能真正形成一支自主保护生态的大军，正如香格里拉显现的现实一样，而不是让生态文明仅仅停留在口号上。

中国如果想有更多的香格里拉，只有建立一种让民众共同参与的生态文化方式，从文化和思维上扭转当下的社会价值观，才可能从文明的高度解决中国目前的生态危机。这是香格里拉给我的启示。

注：载《时代商报》2012年2月3日。

边界意识

如今,谈边界意识成了一种时髦之事。但事实上,在某些权力和社会领域,我们看到的是,边界意识越来越模糊。一种要通吃一切、统一一切的意志,又在回潮。

现代社会与传统社会最大的不同,就是有了边界意识,个人需要有边界意识,政府和社会同样要有边界意识。现代人作为独立的个体,所谓的自我意识,就是要明晰自我与外界的边界:哪些是我的,哪些是我的权利和责任,哪些是我的专业和长项。这种对自我的身份认知,明确自己的知识、经验、能力的边界,可说是现代人独立意识的开端。

由于中国传统文化强调整体意识,强调集体权威,并不鼓励个体意识,很多中国人都缺乏明确的自我意识,或是误解了自我意识的含义。自我意识并不是以自我为中心,而是首先要明确自我与外界的边界。

传统社会的帝王文化、圣人文化,否定的就是人的边界意识,总认为有一些人可以超越其他所有人,成为全知全能者。正因为模糊了边界意识和民众的个体意识,专制与极权文化才有横行的基础。"文革"同样是因为打破了权力、法律、文化、个人等各种"边界",才会导致这场浩劫,整个社会变得"和尚打伞——无法无天"。无政府意识和极权思想就像一对孪生兄弟,有着共同的特征,都是以抹杀人和社会的边界意识为基础的。

因为没有边界意识,才会诞生"全知全能"的"先知",让所有人膜拜;因为没有边界意识,生活中才会充满斗争与冲撞,或肯定一切,或否定一切;因为没有边界意识,权力才会肆无忌惮,法律才会退至一隅;因为没有边界意识,民众才会丧失自我和权利意识,对自己产生无力感,缺乏自信与自爱,而去相信那些"无所不能"的"神人"和权贵。在一个边界意识模糊的国度,出现任何畸形的权力和社会现象,都不足为怪。

现实生活的各个方面和不同领域之间,都具有相对独立性。私人生活与公共事务,科学、宗教、道德和文化领域,不同的学科之间,都有着不同的规则和标准,不同的呈现与完成的途径,因而都有相对的独立性和自主性。对个体生活而言,更不可能存在一种可以统领所有人的普遍而单一的神秘规律。

边界意识从某种意义上说,也是一种规则意识。它认为不同的领域有着不同的游戏规则,不同的学科有不同的认知与研究方式,并不存在什么可以统领所有人、所有经验的宏大叙事。因为有了边界意识,人才会具有尊重各领域规则的自律性,人们会清晰地认知到不同的个人、不同的学科、不同的社会领域所具有的有限性与相对性。一切个人,一切知识、观念、经验,都是有界的,有其特定的历史局限性,不可能存在通吃一切的"超级信仰"和"神秘力量"。

同样,每个个人也有对其生活、对自己的特殊要求和目的,不能用一种所谓放之四海而皆准的标准来判断所有人。这种边界意识让人们意识到每个领域都有不同的规则,如果越过自己领域的边界,用自身领域的规则,来阐释、解答其他领域的问题,就会带来社会秩序的错位与观念的混乱。当然,这种边界意识并不是让不同学科和领域处于隔绝状态,而是在交流与合作中,时刻意识到这种边界的存在,尊重彼此的规则和边界,这种交流与合作才是可持续的。

这种边界意识普及整个人类生活,就是要时刻意识到政府、社会、市场三种制度安排的边界。不同的制度,有着不同的适用范围,一旦越界侵入其他领域,就会损害到整体社会活动的规则和效率。尤其是掌握了公权力的政府和官员,如果越界与社会与市场争权、争利,就会导致政府公共职能与法律制度弱化,形成各种各样的行政垄断,使社会和市场缺乏自主与自治性,最终使公权力失去有效的约束。边界意识的缺乏,还会使很多官员模糊公事与私事、公权与私权的边界,催生一种公权私有观,权力寻租会成为社会常态。最终,普通公民也会意识不到自己权利的边界,不敢表达与主张自己的权利,同样也意识不到自己对社会的责任。

边界意识不仅应当成为个体自我意识的基础,而且应当成为政治与社会运行的重要原则,它意味着要培育常识和健全理性。只有这样,才能慢慢减少那些崇拜虚妄或随意越界的社会闹剧。只有在一个崇尚理性、尊重边界和规则的社会中,人们才能真正获得追求幸福和梦想的权利。人们越是对每个生命、每种社会行为的边界有清醒的认识,就越会意识到自由、独立、宽容、关爱、怜悯、互助等这些积极价值的重要。

注:载《深圳特区报》2014 年 8 月 5 日,原题《边界意识也是一种规则意识》。

水与生存

柴静的《穹顶之下》,让更多的人开始关注空气污染。然而,当下对中国人危害更为严重的,却是水污染。从松花江苯泄漏到广东北江镉污染,到兰州苯超标,这些水污染事件不断挑战民众脆弱的心理防线。统计显示,近 10 年来中国水污染事故高发,每年都在 1700 起以上。水利部数据显示,湖泊水源地水质约 70% 不达标,地下水水源地水质约 60% 不达标。环保部近日称,有 2.8 亿居民使用不安全饮用水。

城市污水与垃圾、工业废水、农药、化肥的渗透,都是地下水污染的成因,而不法企业用渗坑、井压方式排污,更是雪上加霜。人们多认为,地下水取之不尽、用之不竭,实质上,地下水一旦被污染,极难恢复。除浅层地下水外,一般地下水自然更新周期约为 1400 年,而河水只需 20 年。深层地下水如被污染,等于万劫不复。

中国水资源总量有 1/3 为地下水,一半以上的城市居民和九成的乡村居民以地下水为饮用水源。中国环境科学院监测过

118个大中城市的地下水,发现重污染城市占64%,轻污染城市占33%。从浅表到深层,由城市至乡村,地下水污染蔓延势头迅猛。这些残酷的数字不仅让人惶恐、痛心,又何尝不是在向中国人发出最后警告?

现代医学早已发现,人类80%的疾病都与水源污染有关。除了饮用会导致各种疾病外,被污染的地下水还会进入自然界的食物链系统,完全无法控制。近年各地屡屡曝光的"癌症村"、很多乡村集中爆发的大病怪病,多与土壤和地下水被毒化有关。河水污染易被发现,而污染物若进入地下水,除定期进行专业监测,极难被察觉。人类一旦伤害了地下含水层,不仅荼毒当代,还会祸及子孙。

有一些污染企业,为降低环保成本,直接把工业废水排到深层地下。这种做法较隐蔽,违法成本低,监管难度大,极可能被一些企业仿效,属于典型的环境犯罪。如果不建立长效的法律与监管机制,这些不法企业仍会向地下排放有毒废水,而某些地方政府可能为了GDP,依旧为这些污染大户"保驾护航"。若任由这种漠视环境与公民生命安全的行径发展下去,这一代中国人都将成为历史罪人。

要真正遏制地下水污染,就需要审视对环境犯罪的立法。中国当下虽有《环境保护法》《水污染防治法》等,《刑法》也有"破坏环境资源保护罪"章节,但都缺乏立法的超前性和系统性,对环境犯罪的覆盖面极窄。在司法与执法上,对环境犯罪多以罚金和行政处罚为主,刑事处罚力度极弱。《环境保护法》规定,对"造成重大环境污染事故,导致公私财产重大损失或者人身伤亡的严重后果的",才追究刑事责任。

环境污染多有长时间的潜伏性,灾害一旦发生,造成财产重大损失和人身伤亡时,对自然的损害已无法逆转或恢复,如地下水污染、物种消亡等。如《刑法》只处罚那些已造成严重后果的犯罪,等于放弃了法律的预防功能,从某种程度说,《刑法》的宽容,等于在放任环境犯罪发生。这完全有悖环境立法以预防为主的原则。立法的不足,会导致自然环境的进一步恶化。

在西方国家,环境犯罪和抢劫等罪一样,都被民众视为严重的刑事犯罪。20世纪80年代,美国国会把环境犯罪定为重罪,罚金或自由刑的处罚都较重。根据美国水污染防治的法规,罚金最高可达到每日25万美元,有期徒刑达15年,二次以上犯罪,最高罚金和刑期也会翻倍。在美国立法者看来,因为环境犯罪具有不可逆转性,社会和民众需承担极大代价,所以环境法的好坏,考虑的不是违法者的多少或处罚力度的大小,而是如何预防环境犯罪的发生,因此严厉的刑罚更为重要。环境犯罪多属逐利型经济犯罪,单纯的民事或行政责任难以遏制危害环境的行为。人们总期望用最小的风险获取最大的利益,刑罚越重,风险越大,才可能减少污染环境的行为;而刑罚过轻,逐利者会把违反环境法视为一种商业成本支出。

中国目前大量企业有令不行、有禁不止，持的就是这种心态。

此外，美国在20世纪60年代兴起的环境公益诉讼，对防止环境污染也有很大促进作用。任何公民、组织或国家机构为保护环境资源，都可根据法律规定代表公众或公共利益，向侵犯环境权益的政府、企业或个人提起公益诉讼，并寻求司法救济。如果原告将环境违法行为通知联邦环保局长，60天内国家机关没有积极履行义务，公民可起诉环保局长。环境公益诉讼，主要目的是赋予公民对政府的监督权利，强化公众保护环境的力度。环境问题需要政府监管，但更需要民众的参与和督促。这样有利于把保护环境的责任，从政府转向社会，从专业工作者转向普罗大众。

治污需用重典，全社会对环境犯罪都应当有严惩和监督的意识。让地方政府不要为一时的政绩所惑，成为不法企业的帮凶；让监管和执法的行政机构，有执法的权力和动力，对瞒天过海的排污企业挖地三尺，守土有责；让深受污染之苦的民众，有发言权和诉讼的自由；让环保组织或个人，可在法律的保护下，对违法企业和违法行为进行公益诉讼。只有在政府、社会和民众的共同努力下，才能真正制衡那些造成环境污染的违法者。

种种迹象表明，给予中国治理环境的机会已经很少。地球是封闭的系统，人类制造的污染物被抛得再深再远，也不会从地球上消失，总有一天会回到人们的生活中。如果我们再不改变生活、生产的方式,如果我们仍然认为经济比自然环境更真实、更重要,如果我们的环保意识仍然无法普及为全民行动,我们能交给子孙后代的将是一个千疮百孔、悲伤的世界。

应当有全民共识了,保护环境、保护地下水,是在捍卫每个中国人的生存底线,也是在捍卫中国的未来。

注:载《民生周刊》2013年第21期,原题《捍卫中国人的生存底线》。

公共意识的养成

如今发生一些暴力犯罪事件后,常有网友指责旁观者冷血。在老人倒地都无人敢扶的今天,指望有人挺身与恶徒搏斗,确实有些奢望。与其泛泛指责这些旁观者,不如分析这种冷血的成因。

过去媒体归纳出一些"中国式陋习",常引发民众对"国民素质"的讨论。在各种讨论中,文明、礼仪、教养等概念被翻来覆去地演绎,并未讨论出什么新意。讨论这些行为,总上升到"国民素质"的高度,不仅不会改变现状,也确实难以服人。

国民素质是一个庞大的概念,它大体指一个国家民众所体现的总体修养。对国民素质难以界定,它既包括诚实、责任、良心、信用、仁慈、勇敢等道德伦理因素,也包含理性、智慧、信仰及对真理和正义的信念等精神因素。它与国民的经济状况、教育方式、生活习俗有关,但也会受到一个国家的社会制度与文化传统的影响。总体上说,一个国家政治、社会、经济文明程度高,这个国家的国民素质也会高些。大而化之地以"国民素质"来评论这些行为细节,很难得出对于民众有参考价值的观点。

一个地方的生活习俗会与现代生活秩序发生冲突。如日本人吃面条一定要发出响声，并不意味着不文明，但在面馆这么吃会影响别人时，如何处理这种冲突，就需要有公共意识了。说起公共意识，需要有对公共空间的认知。公共空间与私人空间不同，与家人在酒店客房，那属私人空间，人是可以随意的，但酒店大堂就属于公共空间了。

中国人说起公共意识，大多认为只要遵守公共秩序，就算有公共意识了。其实，公共意识还有一层意思，就是要有主动维护公共空间的意识，把自己当作公共空间的主人。也就是说，一旦有人破坏公共空间的秩序，身处公共空间的人应主动发表意见或进行干涉、制止，与破坏秩序者进行沟通，主动参与到对公共秩序的维护中。如果民众有了这种积极的公共意识，在公共场合遇到这类围殴事件，一定会站出来有所行动。这是狭义的对公共空间的理解。广义的公共空间是指公民能影响国家权力、决策国家命运的机制，它意味着公民与政府的互动，要有一个民众可自由发言、商讨公共事务的公共交往空间。如果没有在公共空间协商、讨论、维护公共利益的经历，公民对发表公共意见或进行某种公共行动，也常会表现出漠视的态度。

公共意识的核心是公共性，只有当公共生活是面向全体民众开放的，民众可自由参与时，民众在互动中才能形成一种维护公共利益的共识，这种共同的价值认知，体现的就是公民的公共性。经常参与公共生活的人都明白，首先要尊重他人利益，这种意识的自觉性，是民众在长期的公共生活中培养的。他会认识到，公共生活的共同体是由若干个体或群体共同构建的结构，要想这个结构稳定长久，就需要对秩序进行维持，每个个体只有与其他个体配合，才能扮演好自己的社会角色。有了这种公共生活的整体意识，自然就会有公共道德意识，他会主动遵守一些公共生活中必须有的行为规范，因为只有这样，公共活动和社会交往才能正常进行。长期在这种公共活动中受熏陶，公民个人自然会形成一种公共人格意识，在公共生活中维护共同利益会成为一种人格需要。

公共意识，是公民在公共生活中达成的对公共生活规范的共识，并以此调节自身行为。它是从个人美德向社会美德的一种延伸，我们常说的见义勇为，就是这种公共意识的外在表现。但公共意识的培养需要社会的开放性，公民只有在开放的公共生活和社会交往中才能逐渐养成。它是在公民的权利、自由、平等意识基础上，发展出来的参与、协商与公德意识。

公共意识的养成，意味着更多的人开始关注、参与身边的公共事务，人们有了分享权利和承担义务的意识。因为他们认为国家的权力来源于全体公民组成的共同体，公共意识则是这个共同体存在的前提。一方面，每个人都享有与生俱来的人权；另一方面，每个人让渡了一部分权利，将之托付给政府和司法部门。这种托付关系，使得每个人都有理由关注政府的作为，关注其能否完成与公民约定的义务。这种权力逻辑，给每个人注入了公共责任和民主契约的精神。参与公共事务不仅是个人发展的需要，也是为了成就一个社会的共同福祉。当公共意识转化为一个社会成员的自觉价值时,他会将自我视为共同体的一部分,从而去主动维护公共利益。

这种公共意识的形成,是社会的重要基础之一。如果没有这种健全的公共意识,一个现代社会就可能演变为个人对其他所有人的战场。只有越来越多的人不把公共领域看作获取个体利益和集团利益的场所,不把公共权力看作一种控制与服从的关系,而是把公共领域看作一个平等、参与、协商、合作的互惠空间,社会才能形成更为良好的自治状态。

公共意识的养成,也意味着越来越多的人开始主动培养自己参与民主生活的技能与素质,主动肩负起自己所能承担的公共责任。带有公共意识的每一次行动,不只是维护自身或他人的权益,同时也是对制度合理性进行的一次价值判断。任何社会制度的存在和运转,都需要得到社会成员的普遍认同,这样它才有行使权力的正当性。

在一种经由公民行动而达成的社会制度中,民众会更加相信社会整合和法律的力量,人们彼此之间也会更信任。而在公共意识与行动缺失的地方,民众会对公共事务漠不关心,人人都认为法律注定难以公正,这样不仅会导致更多的控制与冷漠,而且最终会让每个人都产生被剥夺感和无能为力感。

随着市场经济的发展,一些公共空间开始回到民间,各种民间组织和社会团体也在成长之中。没有公共意识的成长与壮大,现代社会文明就无法维系。尤其在全球化时代,人们的公共交往频繁,彼此的依存度也在增强,培养公共意识便成为中国公民的一种内在需要。相信随着公共空间的不断扩大，公共生活越来越多，会有越来越多的民众以积极、合作的态度对待公共事务。维护公共秩序和公共利益，也会成为越来越多的民众所具有的自觉意识和责任担当。

公共意识的成长也意味着社会的成长，但它的成长首先需要一个更开放、更包容的社会环境。没有这份开放、包容，民众中已有的一些公共意识，也会快速衰退乃至消失。

注：载《深圳特区报》2014年7月8日，原题《在开放的公共生活中培养公共意识》。

"雅好"和"雅贿"

河南省人大常委会副主任、党组书记秦玉海接受调查,引来热议。倒不是他的官有多大,而是因为他的另一身份——中国摄影家协会理事。秦玉海落马后,不仅北京等处的地铁撤下了他的摄影作品,人们也关心他的受贿与摄影之间是否有某种关联。因为他的摄影作品所需相机、镜头及胶片都极为昂贵,广告者投放他的作品也需支付他高报酬。一时间,媒体与网上都在议论官员的"雅好"与"雅贿"的关系,各种观点都有。

有人认为盯紧官员的"雅好",是反腐的一条捷径。有人追问秦玉海数度获奖,背后是否有猫腻。有人提出,官员的个人爱好是否应当收敛一些?还有人认为,官员就应该少一点兴趣爱好,甚至有爱好也不应暴露在公众面前,这样仕途之路会少一点隐患。

确实,官员凭手中的权力优势,要想在文艺圈、学术界混个像样的身份,极为容易。近年来,我们常常能看到各种官员书法家、画家、摄影家、诗人活跃在文化艺术界。还有些官员看重的是学术身份,如张曙光曾两度参评中科院院士,至于有教授、研究员头衔的官员,更是不计其数。一旦这些官员落马,其背后的艺术或学术机构也会被卷入舆论旋涡,与贪官成为一根绳上"荣辱相伴"的蚂蚱。

不过,我倒认为官员能有些"雅好"是好事,只要这"雅好"是发自内心的真实爱好,而不是附庸风雅,不是把爱好当作洗钱受贿的手段。记得波德莱尔在某书的开卷专门写过一篇给权力者和资产者的文章,认为立法者和商人们也需要艺术,他们负责治理城市,就必须能够感受和懂得什么是美。波德莱尔认为权力者和商人是艺术天然的朋友,希望他们在公共事务和商业活动之外,多多体会艺术这种珍贵的财富。因为只有通过感情来理解艺术,这些人才能建立起灵魂之力的平衡,才能在政治或经济行为中扩大权力与善行。

波德莱尔虽有书生的天真成分,但这个愿望并没有错。中国历史上有文艺爱好的官员多了去了,凡是真正热爱文学、绘画的官员,这种热爱本身就意味着他们的风骨和清廉。人们熟悉的散文家如韩愈、柳宗元、范仲淹、欧阳修等,诗人如李商隐、陆游、苏轼等都曾是官员,但也正因身上的书生气与理想主义色彩,他们不愿迎合官场上的厚黑学,往往屡遭贬谪。这些文人官员对诗词文学的热爱是发自内心的,不会圆滑世故地去应付世事,虽命运多艰,但在官场上的苦痛挣扎却成就了他们诗文的深度。

做过官员的画家也很多。元代著名画家高克恭曾官至刑部尚书,画竹独步于时,山水引领一代风尚,他生性坦荡、刚直不阿，为官体恤民情，改革吏制无视权贵。赵孟頫也是元代著名画家，楷书四大家之一，初至京城就受到元世祖的赏识，晚年官居从一品，却一生痴迷于画，成为文人画承前启后的一位大家，他提出的"贵有古意""书画本来同"一改当年画坛颓势。再如清代画家邹一桂，擅画水墨花卉，曾官至内阁学士，他为官时对官场弊端屡屡直言。他曾在贵州做过地方官，他的山水画大量表现了贵州山水的奇峭风貌。

当然，也有与高克恭等完全不同的画家。如明代大画家、书法家董其昌，他晚年官至礼部尚书。他刚为官时还颇清廉，有官位也托词不就，在家乡痴迷翰墨。哪知因他的京官身份，加上确实画得不错，使得当地附庸风雅的官僚和富商出巨资请他写字作画，他很快成为名动江南的富豪。随着越来越有名、越来越富有，董其昌却沦为强抢民女、为祸乡里的恶霸。当地人称他淫奢如董卓，举动豪横如盗跖之流，最终引发民众对他的声讨与抄家，董家豪宅也被一把火烧成了灰烬，当时董其昌已60多岁。此后，董其昌依然官运亨通，游走在叶向高与魏忠贤之间，政治平衡术玩得极为高明。东林党获胜后，董其昌凭借与东林党人的旧谊，走上了艺术名望和仕途的巅峰。他的朋友对他的评价是："今日生前画靠官，他日身后官靠画。"从董其昌的艺术成就及对后代的影响讲，你不能否定董其昌对书画的热爱，但这种热爱终究未能成为一个人人格的保证。

举这些例子只想说明，官员对文学艺术的爱好，并不必然导致官员的腐败，同样也无法保证官员就必然不腐败。但相对来说，官员爱好点文学艺术，内心会变得相对单纯一些。董其昌生活在明末，腐败是官员常态。在那个极权年代，董其昌能官至礼部尚书，说明他服从了当时权力集团的意志，否则他必然会在仕途上遭受失败。董其昌即便有独立性和创造性，也只能在书画领域尽情释放，他如果用这种独立性来面对官场，估计只会像苏东坡、范仲淹那样屡被贬斥。

官员的"雅好"导致的"雅腐"，或各种名目的"雅贿"，其实与这些"雅好"或用来"雅贿"的艺术品关联不大，它们就像买官卖官、倒卖批文项目、侵占公共财物、吃拿卡要、借公司上市获利等一样，不过是权力腐败的不同方式和借助的工具。世上只要有利益存在的领域，都可能成为腐败的滋生地。"雅腐""雅贿"的本质还是把权力当作商品，尽可能地给腐败穿上合法的外衣。根本原因，还是权力垄断，社会又缺乏制衡和驯化权力的方式。可以说，腐败总是隐藏在不平等的权力关系中，假如优势资源总是处在政府和官员的绝对控制之中，民众权利永远处在不平等的状态，腐败就可能在所有领域发生。

事实上，今天腐败不只是发生在文化艺术领域，它已渗透到了每个行业，乃至社会的每个细胞中。腐败的蔓延对社会各领域造成的破坏是显而易见的。它不仅会损害公共利益和资源，使一小部分人获益，影响到正常的经济与政治秩序，更重要的是它会通过鼓励钻营与剥夺，彻底破坏社会一切领域的秩序和良知，让越来越多的人为了获得利益，丧失道德底线和尊严。官员的"雅腐"和"雅贿"不过是表象之一。

所以仅停留在分析官员"雅腐""雅贿"之类的贪腐方式层面,远远不够。分析秦玉海之流的官员的腐败,其真正原因之一还在于政经不分。一方面公权力和经济的关系过于密切,另一方面权力部门仍垄断了大量稀缺资源。尤其以 GDP 为中心的施政意识,使许多地方都以自己掌控的资源为出发点来发展经济,这些都使掌握公权力的官员与经济发生了极为密切的关系。在完全竞争的市场机制下,企业与企业、企业与国家间的经济交往是平等的合同关系,相互之间并没有不平等的权力关系。但如果政经不分,不正当的权力寻租现象就会掺杂其间,合同关系就可能被权力关系所取代,权力寻租现象就难以避免。

古人在总结一些朝代灭亡的历史教训时说过四个字:"贿随权集",意为贪腐贿赂总是伴随权力而聚集起来,谁的权力大,贿赂者就会像苍蝇一样,以各种方式叮上来,这与官员有没有"雅号"并无关联。有些官员或许并非就想做贪官,但由于权力管控范围过大,外来的各种诱惑就会纷沓而至。要改变这种腐败况状,除了常说的推进权力的监督机制、增加政务信息公开外,最重要的还是要让政经分开,最大限度地斩断权力与经济的关系,从根子上断绝权钱交易的可能性。政府按照市场的要求,尽可能多地退出对经济的直接参与,转而通过法律、制度服务于社会与经济,并通过服务获取财政税收。这就需要彻底调整政府与社会的关系,明确划分出社会与"私域"的范围,使人们对利益的追求完全遵循市场规则,改变与腐败有关联的权力基础。政经不分不仅是计划体制的产物,也是人治社会的结果。不完善的市场经济与人治社会结合,就会催生出"权力经济"的怪相。权力经济以权力为资源,以行政审批为手段,以权力寻租为特征,谋取的也是"黑色"利益。

好在政府已清醒地认识到政经不分对社会与市场的危害,并把厘清政府与市场的关系作为政府改革的重点。只有通过政经分开,地方政府简政放权,才能逐渐改变对生产要素与资源的权力垄断,同时推行资源配置的市场化,推进以法治为基础的市场经济改革,尽可能减少行政管制与审批的范围,通过发挥社会和私人部门的作用,来弱化行政权力对经济运行的干预,消除政府与民众间的信息阻隔,通过法律来规范权力运作,才可能真正控制腐败的疯狂蔓延。

制度如果真能把权力关进笼子里,官员多一些爱好,又能怎样?

注:载《北京青年报》2014年9月29日。

书信的拍卖

102岁的杨绛先生反对钱钟书先生书信被拍卖事件,闹得沸沸扬扬。罕见的是,国家版权局、中国作家协会、中国拍卖行业协会等官方组织,都在第一时间对此事件表态,要求相关拍卖公司和个人尊重书信人的著作权、隐私权和通信秘密权等。北京第二中级人民法院也做出了诉前禁令裁定,责令相关拍卖公司不得实施侵权行为。据说,这是该院发出的首例知识产权诉前禁令裁定。

被拍卖的书信中,有许多信是钱钟书与香港《广角镜》总编李国强的书信往来,据说涉及对历史和学人的评判,有些内容被钱钟书认为是"不能公开说的话"。既是私人通信,有些话可能并未经过认真思虑,我想此事无论发生在谁身上,当事人或者亲属都不会赞同把某些私密内容公开。如果未经当事人允许,擅自公开相关内容,等于伤害了通信双方的信任与感情。所以,从风俗、良知和情感角度,大多数人肯定站在杨绛先生一边,支持杨绛的"生气"与反对。

从法律角度,此事很值得讨论。书信物权归所有人,著作权归写信人，表面上看，如果收信人要转让其物权，并不违法，但书信内容如无写信人许可，也不能公开发表。多数人认为，拍卖不同于私下转让，因有公开展示阶段，一旦展示，等于侵犯了写信人的著作权。我国《拍卖法》也规定，需对拍卖物进行公开展示，同时竞买者有权查验拍卖物。有人提出，问题的根源出在当下的《拍卖法》上，如果允许"不公开展示"拍卖物，此次拍卖可能就不会伤害写信人的隐私权或著作权，因信的内容并未公开，只是换了个知情人。这种解释显然似是而非，《宪法》规定公民的"通信自由和通信秘密"受法律保护，在民法上体现为隐私权，只要当事人不允许，"隐蔽拍卖"或个人转让仍会伤害到公民的隐私权。只要当事人追究，哪怕只多了一个知情人，也属违法行为。

在电子传媒时代，虽然书面信函少了，但"书信"的类似品越来越多，像短信、电邮、QQ 聊天、微博私信、个人微信等，都属于"书信"范畴，如何保护这类文字的隐私与通信秘密，已成为当下法律亟须面对的问题。这类电子"书信"的所有权如何认定？应当受何种法律的保护？是《著作权法》，还是《隐私权法》？显然，无论何种书信，它与一般赠物或文字作品都不同。就所有权来说，书信与赠物不同，书信是写给收信人的，但收信人无法成为完整的权利人，他的所有权是有范围的，他可阅读、收存这类文字，但如无写信人的认可，无论以何种方式，都不能公之于众。当下的法律界人士往往认为公开行为侵犯了写信者的著作权，其实从书信的个人和隐私性质分析，它首先侵犯的还是公民的"通信自由和通信秘密"权利。只有加强对"通信自由和通信秘密"权利的法律保护，才可能减少此类现象。但现实中，我们常看到网络上有对这类隐私文字的公布，却绝少看到有人因此被判违法或犯罪。由于全社会漠视公民的"通信自由和通信秘密"权利，钱钟书书信被公开拍卖也就不奇怪了。

从另一个角度看，公众人物的隐私权与普通人的隐私权又有不同。当公众人物的隐私权和民众的知情权发生矛盾时，多以尊重民众的知情权为主导，这体现的是权利与义务对等的原则。公众人物所具有的影响力，使他们的私生活会对社会和民众构成影响和示范，所以对公众人物的隐私权进行限制，其实也是社会监督的一种方式。这种监督自发地来自社会舆论，一个人的影响力越大，他被限制的隐私权也会越多。

当然，每一个公众人物都希望把自己光明的一面曝光于媒体，而关于自己的负面新闻，外界知道得越少越好。但从知情权来说，民众有权利知道、有兴趣知道应该知道的事情，国家对这种权利也应最大限度地提供保护。由于我国对如何限制公众人物的隐私权没有明确的法律条款，所以在评价钱钟书书信被拍卖这个事件上，我们仍然很难得出什么法律定论。这也是社会上有各种争议的原因，说到底还是法律滞后。这也是名人的困境。可以说，中国流传出来的古代或现代的名人书信，多数都属变异的书信，写时就有"立此存照"的想法，暗含了很多被修饰的内容。

但钱钟书的很多书信并非如此，这也是钱钟书的书信在文化界屡屡引起争议的原因。他有时会说一些不宜公开说的话，有时会把回信看作一种应尽的礼仪，并没有进行严格的"自我审查"。中国传统文人对书信有两个原则，就是对好友、亲人需直抒胸臆，对陌生人往往"自谦而敬人"，等于在文字间行揖让进退之礼。

因此，我们在读钱钟书书信时会有一些奇怪的感受：对一些文化名人，钱钟书的评价往往非常苛刻，很难入他的法眼，这可能是对熟人的直抒胸臆。而对一些无名之辈或后学，钱钟书先生在信中却极尽赞赏或佩服之语，这其实是一种客气与礼仪。所以，钱钟书信中的"惊喜交并""可惊可佩""不胜钦佩"等语，不过是一种礼仪八股。钱钟书自己浸淫在传统文人书信的氛围中，哪知当代人对此传统已完全不了解了。这样的书信公布出来，确实会引起很多误解。

如果钱钟书真把自己当作名人，像胡适一样，对能否公之于众有一个事先的评定或审查，我想杨绛老人也就不会生气了。我倒觉得，这是钱钟书的真实与可爱之处。

注：载《北京青年报》2013 年 6 月 7 日，原题《"钱钟书书信拍卖"的法律与文化省思》。

大地震能否唤醒生态良知

最早看日本"3·11"地震视频,似曾相识,记得和日本歌人鸭长明笔下的一场地震有些相像。他是日本平安末年的一个歌人,距今有800多年,留下一部随笔叫《方丈记》,被视为日本隐者文学的首部代表作。我当时并未查证,为写此文翻箱倒柜地找出此书,果然如此。他写道:"山崩河埋,海水倾斜浸漫陆地。土地裂开水涌不断,岩石碎裂滚入谷间。近海划行的船只,飘摇于波浪之上,行走着的马匹四蹄失去了平衡。都城近郊各处寺院神社的建筑物,保持全貌的没有一处,有的部分崩坏,有的整个倒塌。灰尘升空,如浓烟一般。"

鸭长明记录的是元历大地震,发生在820多年前。他的感叹很有意味:"大地震刚过,人们都述说这世间无常,减去了些许烦恼,但日积月累,一年过后,竟无人言及这些了。"鸭长明说到的"无常"二字,不仅是《方丈记》的主旨,也是日本人看待自然与人生的一种普遍态度。此次地震中日本民众的镇定与隐忍,让中国人惊叹。虽然这和日本现代的防灾和救灾机制有关,但这种国民素质,更是日本传统文化长年涵养的结果。

《方丈记》里有一段话很有代表性:"河水里的水泡,时而消失,时又聚集,但未曾久留,在世间的人和住所亦是如此。"用水泡来喻说人事和住所,可以说是很多日本人对生活的一种日常认知。他们一方面承认世事无常,另一方面却又渴望在这生灭迅速的无常中寻求新生。正是这种"无常"观养成了日本人独特的美学意识。这种美学迷恋瞬间之美,即使在瞬间的荣耀中立即死亡,也了无遗憾。有人把"日本之美"归结为体验无常与瞬间生命的光辉,这是准确的。日本古语说"花是樱花,人是武士",武士看重樱花的,也是那转瞬即逝却当机立断的美,开到绚烂处,干净而无悔地飘落。无常观也让日本人对"物哀"美有天然的崇拜。这里的"物哀",不只是对自然万物的悲哀或悲伤之情,还有共鸣与感动的意味,悲与美是完全相通的。可以想见,这样的文化底蕴,自然会让民众在灾难中处变不惊。

中国古诗也有"念天地之悠悠,独怆然而涕下""感时花溅泪"之类的美学境界,但这种对"物哀"美的欣赏,没能像日本人那样,成为中国人的日常意识,或者说这种意识今天已经丧失了。这次日本地震虽引发了核泄漏危机,但能肯定的是,日本的这种文化意识会很快帮助他们修补自身的生态良知。

如今人类对生态环境采取的多是一种功利主义态度。即使要保护环境,也是从保护人类自身的角度出发。无论是日本传统文化,还是中国传统文化的自然观,却并非如此。中国和日本的传统文化中最具超越性的智慧,都体现在人对自然和万物的尊重上。《易》说"天地之大德曰生",《尚书》说"满招损,谦受益,时乃天道""皇天无亲,惟德是辅",《中庸》说"万物并育而不相害",强调的都是人与自然万物具有平等的价值。在这种观念中,大自然有独立的价值体系,并非作为人类征服的对象而存在的。它把自然平衡看作一切价值的基础,时时意识到人类不过是诸多生物的一种。只有实现了人与物共存而不相害,才是人类生存的一种理想境界,如朱熹所说"与天地万物上下同流,各得其所之妙"。

无论是日本的"无常"观与"物哀"观,还是儒家的"天人合一"观、道家的"道法自然"观,都应成为我们反思现代文明的重要思想资源。这是一种生态良知,即把征服自然的观念,转变为顺从与尊重自然的观念。因为道理很简单,科技再强大,人也无法离开自然延续自身的存在。人类本身并不能产生任何能量与物质,再高的科技,不过是对自然界能量和物质的转化。也就是说,要重建生态良知,首先要改变的就是过去以人类为中心的价值认知,而把自然生态看作世界的中心。做任何事、造任何物,只有当它能保持自然与生物共同体的平衡、完整与稳定时,才会被我们选择;否则,就应当被我们否定。这种生态良知也表现在对积累物质财富的态度上,它强调节制,以保护自然为第一原则,放弃任何不计环境成本的经济方式。这种良知在日常生活中,讲求的就是简单、节俭与适度消费。

人类能否从日益增多的生态灾难中,孕育出一种有生态良知的文明,还无法预知。但显然我们需要从文化角度来反思日本大地震这种灾难,如此才可能在民众中形成相应的文化共识。

可以说，一切保护生态的制度构建都离不开这种文化共识。我期望这场日本大地震引发的诸多灾难，能唤醒更多人的生态良知。

注：载《北京青年报》2011年4月2日，原题《从日本核电事故看人类生态良知的复苏》。

知识范式的转变

都说"风口上猪也能飞",但无人预料到"有奖知识问答"竟可能成为下一轮风口。一夜之间,答题赚现金游戏,引爆了整个直播行业。从KK直播,到花椒、西瓜等多家直播平台,都推出了这种直播竞答:人人都可参加,答对就能分钱。王思聪的一句"我撒币,我乐意",似乎成了各平台竞争的暗号,"撒币"金额也一路飙升,从1万、10万到一场豪掷百万不等。

这让人想起10年前的那部电影——《贫民窟的百万富翁》。在没钱的日子里,人们以幻想奇迹为乐。超低的参与门槛、病毒式的邀请码传播,加上一天数次的竞答机会,让直播竞答很快风靡江湖。各平台形式大同小异。以KK直播的"金榜题名"为例,每天在指定时间由主持人进行答题直播,一共12道题,每题有三个待选答案,限时10秒钟,全部答对者闯关成功,参与平分本期奖金。如成功邀请一个新用户下载登录平台,即可获得一次复活机会。

这些平台所提问题五花八门,涉及娱乐到文学、历史、数学、物理等各类知识。虽然题目难度不大,但由于答题时间短,知识面杂,凭一己之力答对12题并不容易。此外,还会出现一些难以回答的无聊问题。于是,三五好友组团,或邀请朋友获得复活码,成为增加成功概率的主要手段。这种"答题""撒币""复活"模式,无疑在短期内为直播平台迅速带来了大量新用户。对用户来说,直播答题是一种有参与感的新游戏,而对于逐渐低迷的直播产业,等于又找到了一个吸引流量的新入口。

据说,直播竞答的引流效果非常明显。过去,对于KK、花椒这些独立平台,难度最大的就是流量入口,所以它们会高价邀请网红或电竞赛事。两年来,各直播平台除了秀场和游戏,再也没找到吸引流量和留住用户的新模式。从用户体验来说,目前的直播竞答虽处于初级阶段,但显然它要比电视或传统直播有更强的互动性,也给人们带来了更大的想象空间。

对平台来说,直播竞答争夺的不只是流量,在吸引到足够流量后,则可能通过此举突破直播的瓶颈,找到直播行业的新业态。有的平台可能从直播竞答转身到互动综艺,有的平台则可能转身成为电商或广告平台。很显然游戏能获得的奖励,并不只是奖金,奖品还可以是电脑、电视甚至是房产;未来这些直播平台之间甚至可以组织联赛,捧红一些竞答选手,都是有可能的。对企业主或广告主来说,有即时场景,有关注度,有极强的互动性,有优质的流量,这些都是过去直播的秀场或综艺所难以实现的。有了这些优势,会有越来越多的平台加入这场直播竞答大战,也会不断翻新竞答的模式,全民竞答热肯定能持续一段时间。

有媒体将直播竞答称为"网友的知识变现",很多人显然认为这是对知识变现的误读。竞答提问的虽是各类知识问题,但因时间短、参与门槛低,问的多是一些易引起混淆或较偏门的小问题,也有人认为,这不是人们真正需要掌握的"真知"。在不少人看来,直播竞答说穿了就是一种高互动性的游戏和娱乐。这点我们暂且不论,但对平台来说,这确实意味着一次知识变现,因为它们改变了看世界的方式,才能改变知识竞答的世界。过去,电视中的竞答节目多是高知识储备者玩的游戏,有一些精英味道,对普通民众来说,可望而不可即。而直播竞答则是去精英化的,完全摆脱了主流的认知模式,体现了它的大众性,赢得了网络生存力。

直播竞答并非中国本土原创。国内目前模仿的都是美国的直播竞答应用。这款去年 8 月上线的竞答游戏,上线 4 个月就冲上了游戏类手机软件排行榜前七,被评为 2018 年苹果商店最佳应用。知识竞答在中国电视台也曾火过一阵。为何中国的互联网精英创业时就诞生不了这种简单的创意?这是值得我们思考的。很显然,大多直播平台的创业者,即便选择了秀场,但内心仍以内容传播的看门人自居。但在手机和社交媒体时代,首先需要考虑的是如何以更低的门槛,实现更广泛的场景对话。

在传统媒体时代,游戏、娱乐或知识的供应,永远是单向的。但随着直播平台的普及,理论上每个人都可通过麦克风和摄像头成为内容的供应商,且这种内容生产与传播的成本极低。这就意味着,直播平台或内容平台必须理解自己本质上是服务的提供者。比如分答，虽也是万众参与的提问与回答模式，但由于本质上并未去除传统媒体的精英意识，所以只沦为现象级产品。营销学上有个观点，消费者真正想要的只是一个钻孔，而不是要你提供一个多么锐利的钻头。直播竞答之所以爆红，在某种程度上就因为它只提供了一个简单的钻孔，它无须太红的主持人，无须多么高深的问题，需要的只是参与时的那种紧张与刺激。我们正处在一个传统媒体田园将荒芜的年代，脑子中少一些娱乐、知识、新闻、游戏、营销的界限或差别，或许离那个去中心化的未来就会更近一些。

　　真正有意思的是，现在做直播竞答的并不是那些做知识付费的平台，而是一些像 KK 这种秀场类的直播平台。这说明知识付费平台的创业者根本看不上这种带有娱乐性和游戏性的直播竞答，他们内心还保持着某种知识精英的自尊。这样的观点，肯定也是大多数知识人所赞同的。但我恰恰认为，这可能是中国所有知识付费平台的问题所在。福柯很早就提出过"知识型构"这个概念，认为经典知识话语的构成或实践，往往受制于一些匿名的历史规则，这些规则往往与社会、传媒等一定的时空条件有关。所以知识的模型、内容和传播方式，在不同的历史时期会有不同的变化，这种变化我们称为知识转型。在手机、直播与社交媒体中，我们如何理解知识的范式、形态和整体结构的转变，将直接关系到这些与知识相关的网络平台的生命力。

　　网络不只是改变知识的创造、传播与分享的途径，也在改变人们对知识空间和标准的看法。每个时代对经典知识空间的认知都会发生变化。一个时代的知识共识,不仅与这个时代的思想语境、社会体制有关,更与传媒技术的演变有关。网络和手机正在构筑一种完全不同的知识观,大量的人也意识到原有的知识型构出现了问题。但并没有人真正去关心什么是新的知识型构,未来的知识空间究竟是如何构成的。知识转型意味着很多原来不被认为是知识的东西,在未来都可能获得合法地位。对今年的互联网精英来说,更重要的是去了解知识背后那种更为宽广、更为基础的知识关联系统正发生怎样的变化。当你去研究每一种传统知识和媒体节目时,你只有从认识论与产生学上重新认识它们,才可能真正发现这些形态在未来可能发生的变化。

只有从知识和话语的规律性上建立分析和研究体系,才可能为互联网时代知识系统的生产确定框架或标准,而不仅仅是从文字到声音,或到图像的转变,真正需要改变的是知识范式,也就是知识话语系统产生的系统模型。知识革命从来不是这种局部的渐进或深化,而是范式的转换所引发的一种整体性转变。若范式不变,知识的这种简单转化,在互联网时代都是过渡的或无效的。当网络技术发展到一定阶段时,推动知识经济增长的动力,一定是带有原创性的知识型构的创新。这种创新不仅是内容的创新,更是技术、范式与内容的共同创新。有了这种对知识型构的思考,一切创新才有可能,而不是简单地模仿。未来的趋势我们是可以想象到的,一个静态的、等级化的知识空间,会逐渐被一种动态的、多元的知识秩序所取代。对于知识的创造、分享和利用,我们还处在它戏剧性变革的前夜。希望直播竞答的火爆,能给知识平台的创业者一些启示。

可以肯定,直播竞答的出现,会导致花椒、KK、映客、斗鱼等一大批直播平台重新洗牌。只是我们现在还无法知道,哪一只"猪"最终能真正地飞起来。

黑杨荒诞剧

从高空俯瞰,洞庭湖区的湿地上躺满了杨树。当年的护林人,如今成了伐木工。湖上的船只,也载满了粗细不一的树干……近300万棵欧美黑杨在这里倒下了。

2017年7月底,中央环保督察给出"大限",要求湖南在年底前,全部清理掉洞庭湖湿地的欧美黑杨,数量达9万多亩。据媒体记者在砍伐现场的报道,洞庭湖核心保护区的欧美黑杨已提前被全部砍伐。

当年的一位"造林模范"说:"电锯割下去,飞出来的是木花,从我眼里溅出来的是泪花。"很显然,砍伐杨树遭遇了很大的阻力。杨树3年以下不长,4年后疯长,没成材的杨树林,砍伐后损失惨重。这使得解除合同的难度大,种植大户多与乡政府或农场签了合同,有的杨树办了林权证后被抵押给了银行。杨树已被砍伐,但这些种植户的"杨树账"估计还得清理很久。

20世纪80年代,欧美黑杨作为外来物种,开始被引入洞庭湖区,初衷据说是作为护堤的防浪林。但人们很快发现,它还能带来很大的经济收益。作为一种造纸用材,黑杨易种植,生长快,好养活,林木蓄积量大。于是在洞庭湖区,"林纸一体化"的经济模式盛极一时,大批造纸企业在此建立原材料基地。

当时,地方政府是直接推动者,各县市几乎都制定了黑杨发展规划,采取"典型引路""政府出资奖励"等方式大力推广。乡镇干部如"种树不力",可能还会被问责。尽管媒体和专家不断提出异议,"杨癫疯"在当地却愈演愈烈,黑杨也从沿岸一路向洞庭湖深处挺进。大量洲滩荒地被承包了种植黑杨,湿地保护区也难躲其害。

大规模种植的恶果很快显现。黑杨素有"抽水机"之称,大量种植单一物种,不仅严重损害了当地生态,影响原有野生物种的生长与结构,也加速了湿地的陆地化。黑杨护林需喷洒大量杀虫剂,既恶化土壤,也对湿地植物造成毁灭性打击。加上黑杨本身含有毒性,水草不生,飞鸟不栖,湖区的候鸟、鱼虾、野生植物等物种数量已减少到最低点。洪水期,黑杨还会沉积淤泥,妨碍行洪。

如今,洞庭湖湿地生态景观几乎已被完全破坏。"树下不长草,树上不落鸟",这是当地民众的印象。中央环保督察组称,洞庭湖的湖水监测断面已无Ⅲ类水,出口断面总磷浓度升幅97.9%,"生态环境问题严峻"。这才是湖区黑杨终于面临"大限"的原因。

让人难以想象的是,经历了20世纪60年代毁林开荒、围湖造田等历史悲剧后,人们为何会那么快就"好了伤疤忘了疼",仍会重蹈覆辙?以行政之手疯狂种植黑杨,已持续了20多年。

20多年来媒体和当地环保部门一直预警会有生态灾难,但地方政府的官员无人重视。为何只有当生态灾难成为现实后,为何只有等到中央环保督察后,当地才能开启"全力砍树"的纠偏行动？这暴露的不只是环保与发展失衡的问题,在某种程度上也表明地方政府决策机制的失控,自我纠偏机制几乎是不存在的。

类似黑杨的生态灾难,不只发生在洞庭湖,也发生在其他地区。20世纪90年代起,广西、广东、福建、海南、云南等水热条件好的地区开始大规模种植桉树。如今桉树产量已达中国木材产量的三分之一。然而,桉树不仅是"抽水机",还是"吸肥机"。大量种植桉树会使地下水减少,种过桉树的山林,5年内种其他农作物都不长,土壤肥力全都被桉树吸走了。桉树叶有毒,对原生物种有极大排抑性,叶子掉在农田里,连草都不长,会造成原生物种衰减等严重生态问题,导致"绿色荒漠化"。可是,直到2010年,南方连续3年大旱,地方政府才开始相信环保专家的说法,慢慢停下了大干快上的"种桉树"步伐,但在很多地方,不可逆的生态灾难已经造成,至今很多地方仍无作为。

"三北"防护林面临的问题同样如此。近些年陆续有媒体曝出,河北、宁夏、内蒙古、陕西等地的"三北"防护林的杨树林面临大面积死亡。早有研究表明,干旱半干旱的地区并不适宜大面积种植乔木林,因乔木需消耗大量水分,大量种植不仅不会保护当地的生态系统,还会导致本就稀缺的地下水枯竭,加剧当地生态环境的恶化,使气候条件更恶劣。所以,在"三北"防护林的很多地区,土地沙化的数量,有时是沙地还林数量的一倍。

你在这里种上了树,这些"抽水机"就吸走了别处的地下水,让其他土地因缺水而退化。治理一小块地方,大面积退化却在发生,这就是"治理赶不上退化"的原因。

《南方周末》报道,2005年,中科院植物所的专家在内蒙古浑善达克沙漠腹地,只用了最简单的方法,就使4万亩沙漠变为草场,长出近1米高的青草。他们与牧民只是将这片已退化的草地封育起来,防止牲口进入破坏。简单而有效的生态恢复试验,让他们得出结论:种树不如保树,种草不如保草。但此前,他们曾在那里试验层层建防护林带,建人工沙障等,却毫无效果。他们认为,在生态恢复上,撤下"人定胜天"的旗子,释放自然力,是唯一的出路。这一模式若得到推广,人将主动退到幕后,让自然唱主角——其效果可能远超国家每年投巨资建设"三北"防护林的效果。中科院在其他4个地方试验,得出的结论是相同的,封育起来不动的地方,生态恢复得要比花钱治理的地方好。

只是这样的试验并没有改变相关部门的治理思路。几十年来,"三北"防护林的投入已有数百亿。最新公布的规划是,"三北"防护林5期工程总投资902.1亿元,实施期为2012年至2020年,要营造林1647.3万公顷,修复退化林193.6万公顷。为何会这样?那位进行试验的科学家蒋高明说:"是利益驱动。群众明知道树木不能活,为什么还要种? 一是上面要他们种,二是种了有好处。现行政策强调退耕还林,还林有钱,还草没钱或者钱很少,这样,老百姓当然会选种树了。一些地方领导最热衷造林工程……治沙造林给地方财政带来的实惠不言而喻。"

举这样的例子,是期望这类投入能真正实现有效的生态恢复。就像这次的中央环保督察使黑杨不再危害洞庭湖的核心保护区一样,对于其他类似的生态问题,都应尽快寻找科学、理性的恢复方案,让治理风险有人承担。从2006年到2012年,5年间中央财政投入林业发展保障资金就达4611亿元,这些年投入得应该更多,如何将这些资金用在刀刃上,我们显然需要一个监测、监控和防护体系。

一场"树殇",让我们不能不反思,为何只有酿成了生态灾难,一切才能停下来?黑杨在洞庭湖的命运变换,不只带给我们环保的教训,也在提醒我们的行政决策机制,需尽快建立有效的制衡、监督与评价程序,只有这样才能有效遏制行政权力的非理性,让黑杨这样的荒诞剧少一些。

英语这只"拦路虎"

北京市公布降低中高考英语分值、取消小学三年级前英语课程的改革方案,引发网民对英语教育与考试的热议。

说起英语学习与考试,我相信50岁以下的中国人,人人都有一本苦经,我也不例外。我们那个年代,初中才开设英语课程。我母亲是医生,英语挺好的,小时在家就教过我一些英语,所以在校学习英语的最初两年,我英语学得很轻松,成绩也不错。或许因有些底子,或许反感当年的授课与考试方式,总之,我很快对英语变得漫不经心。高中大量写诗后,可能出于对母语的一种幼稚热爱,对英语教育开始有些反感。从大学出来后,我就彻底放弃了英语,除1996年评中级职称考过一次英语,几乎没再碰过英语。20多年过去了,所学的英语基本都还给了老师。

随着年岁增长,英语渐成我的隐痛,因为你想参加任何考试,英语都成为一只令人望而生畏的"拦路虎"。我只好断了各种考试的念想。从我的个人经历来说,英语教育对我并无助益,反而成为我继续求学的障碍。我不知道多少人与我有相似经历,但我相信,当一门无关的学科屡屡成为你想学习其他学科的障碍时,这种教育与考试机制肯定出了问题。所以前些年在写一篇文章时,我偏激地说过一些"气话":"'外语必修'真是个莫名其妙的规定:小学、中学、大学、硕士、博士等20多年的学习中,外语是唯一始终必修、必考的课程。它既是硕士入学考试两门公共必考科目之一,也是博士入学考试的唯一公共必考科目。即使工作后,职称晋升、公务员考试也要进行外语考试。人们从不在意自己的中文表达水平,却往往为说一口流利的外语而自鸣得意。大学评价体系也是这样,对学生的中文错别字连篇毫不在意,却对英语四级考试锱铢必较。无法想象的是,一个母语词不达意、无法流利表达的人,他的外语又能好到哪里?"

"外语必修"耗去了民众大量的时间与精力,其实收效不大,得不偿失;它构成了一个完整的外语考试利益链,使应试教育来得理所当然;它甚至阻碍了汉语的发展,不仅占用了学生学习中文的时间,更使一些中文、文学人才因外语无法过关,而失去了学业深造的机会。余光中说:"英文充其量是我们了解世界的一种工具而已,而汉语才是我们真正的根……"这句话是有警醒意义的。

虽说这些文字有点意气用事,但不无道理。我不想把学外语与学母语对立起来,但一个国家的所有公共考试,外语都成为必考科目,母语却无这样的地位,无论如何不能算一种正常现象。或许这类考试都有一个假设前提,你的母语的口头与书面表达必然是合格的,其实并非如此。不说普通人汉语表达之不合格了,即便是庞大的作家群体,也不一定都擅长母语表达。

　　说当下的汉语在某些方面疾病缠身,并不为过。当然其中原因太多,是一个综合的社会问题,与"英语热"并无直接关联。这里有语文教育问题,有语言研究问题,有语言规范与传播问题,有某些意识从精神深处对汉语造成损坏的问题,也有历史原因。但当下汉语的涣散与粗鄙,触目惊心地发生在我们生活的每一层面。

　　我们肯定不能把母语的衰落归结为英语教育,严格说来,多一些对他国语言的了解,甚至能帮助人们认知母语。这个年代进行跨文化研究与交流,也需要掌握多种语言。但中国的英语教育关注的只是应试,在生活与传媒层面,根本没有英语的生存空间。更奇怪的是,一些根本不需要英语的岗位,也把英语作为重要的人才选拔标准之一,而真正能体现人文素质的母语反而变得毫不重要,这就比较荒唐了。这种舍本求末的考试标准把英语推上了教育的神坛。国家语委调查显示,65%以上的大学生有超过1/4的时间在学习外语,中国人每年要花费300亿元用于英语培训,但实际情形是,学生花了10多年学习外语,却只能应付考试,仍然无法用英语写作和交流。一旦工作,除了极少数外企、外贸行业外,使用概率极少。即便英语研究与翻译专业本身,这么多年的"英语热",也并未带来什么明显成就。

　　拿翻译界来说,这么多年的"外语热",文学翻译反而处在衰落中。如今我们说起值得一读的翻译作品,还是罗念生、草婴、王央乐、赵萝蕤、傅东华、杨宪益这些老一代翻译家的译作。近几十年虽有大量西方文献被译成中文,但由于译者的汉语功底和领悟力差,翻译界充斥着大量伪劣的译本。这也是当代汉语变得僵化、丑陋的一个原因,大量伪劣和没有文化操守的翻译文本损坏了很多读者的语言感觉。如今的译者多把翻译看作两种语言间的转化,其实它更多的是两种文化间的互转。如果你不了解两种文化所拥有的生活风俗、价值观和宗教信仰等,包括母语的特质,翻译得越多,反而可能更损害本土的文化与语言。

英语的重要性无须我来赘言,我不反对英语教育与学习,但我赞同拆除横亘在很多学科与职业选拔前的英语门槛,给"英语热"降温。说到底,当下学校的英语教育教授的只是工具性和应用性的知识,虽说英语是大量前沿科学知识与西方文明的载体,但英语教育并没有承担传播这类文化的功能。全社会的"英语热"不过是学历社会的一个表征,越重视英语考试,只会制造越来越多的善考不善学、高分低能的年轻人。当下的教育体制,表面看高学历的人越来越多了,实际上有终身学习能力的人反而越来越少了,使得人们对学习的认知日趋功利化,破坏了真正的教育精神。

人们反感英语教育,其实反感的是那种应试教育模式。这种教育的本质就是把人教育成工具,它只重视技术教育,将知识视为工具,用知识灌输取代对知识的发现与创新。这种教育现状,即便是通过各种考试获得了高学历,人们也不能不怀疑其含金量。网民们对英语应试教育的种种质疑,拷问的其实也是当下中国的教育精神和考试机制。中国的教育机制如何才能担当起引领社会进步、培养公民精神的责任,如何让我们的教育理念实现从学历主义向终身学习的转化,是当下中国人必须面对的问题。